Collègues
et plus
si affinité !

Leséditionskark.com
72170 ségrie

Dépôt Légal Octobre 2021
© sept2021 KARK AON
 ISBN : 9782492248191
Illustration : Florence Brichau-Prado
Correction : Frédérique Gergaud
Images : Pixabay / Istock

Coup de foudre
au bureau

Premier jour, j'essaye de ne pas trop stresser, le temps est maussade, tout comme mon humeur. Ce n'est pas le job que j'espérais, un magnifique DCG en poche et me voilà assignée à être une simple secrétaire comptable. Point positif : c'est un CDI à la clef si mes deux mois se passent bien.

Je pousse la porte du bâtiment, l'endroit est sinistre, pour couronner le tout je suis gelée de la tête au pied et le chauffage semble ne pas fonctionner. Quelle idée d'avoir installé un bureau comptable dans une maison qui doit avoir trois fois l'âge de ma grand-mère !

Ladite maison est plus semblable à un manoir, ok ça ne manque pas de charme, mais merde ! Le chauffage n'est pas fait pour les chiens !

Le bruit de la porte fait un boucan d'enfer en se refermant, j'avance vers le grand escalier et le tapage de mes talons semble se répercuter sur tous les murs. Je jette des coups d'œil sur les portes qui restent closes, je m'attends à tout moment à voir surgir une sorte de vieux majordome réclamant du silence.

Personne ne vient, après tout il est à peine 8 h 30, tout le monde n'est sûrement pas arrivé. Je parviens en haut, magnifique palier, des portes partout !

Comment suis-je censée savoir laquelle ouvrir ? J'entre dans la première et je me présente ? Salut ! Je suis la nouvelle, je bosse où ?

Mes questions se stoppent au moment où une voix résonne au bout d'un couloir :

— Mademoiselle Simons ?

— Oui... Bonjour.

Pas besoin de me demander comment elle sait que je suis arrivée. Je pense que tout le manoir est au courant. Je m'avance vers la femme qui m'a reçue deux semaines plus tôt. On ne peut pas dire que le courant soit passé. En réalité, j'ai passé tellement d'entretiens, que je ne suis plus certaine de mettre les noms sur les bons visages.

La femme qui doit facilement avoir le double de mon âge, soit une bonne quarantaine bien tassée, me tend directement la main pour me saluer :

— Vous êtes ponctuelle, c'est un bon début. Je vais vous faire le tour des locaux et vous présenter vos collègues.

— Merci.

Et me voilà en train de la suivre dans le dédale des couloirs du premier étage avec mes fichus talons qui résonnent comme jamais. À tout instant, je m'attends à voir les gens sortir et m'engueuler. Pour le moment, personne, à croire que la bâtisse est vide.

— Comme vous pouvez vous en douter, nous sommes nombreux à travailler ici. Les tire-au-flanc ne restent jamais longtemps et on les repère vite !

Quel accueil chaleureux !

— Je n'espère pas de vous que vous vous rappeliez tous les bureaux, mais tâchez d'apprendre qui est où pour éviter de courir partout et de perdre un temps précieux.

On redescend l'escalier et elle m'explique aussi rapidement qu'elle marche. J'en suis presque à trottiner derrière elle.

— Ici, c'est une salle de réception, elle ne sert que lors de certains séminaires, Monsieur Galard, la loue aussi pour d'autres congrès ou colloques.

La pièce est grandiose, j'imagine aisément les bals qui ont dû avoir lieu dans le passé. On continue rapidement la visite. Pas le temps d'admirer les décorations. Si j'avais su, j'aurais enfilé une paire de baskets ! Bon, tailleur-jupe-baskets n'est peut-être pas du meilleur goût !

— Ce côté de manoir est réservé à Monsieur Galard et sa famille. Tout comme le premier étage, hormis la salle de pause et où je vous attendais.

Nous voilà en train de remonter l'escalier, arrivées au palier, elle m'indique la pièce au fond du couloir d'où elle m'a interpellée un peu plus tôt. Bien sûr, on ne s'y arrête pas, ce serait trop généreux que de m'offrir un thé ou un café. On continue l'ascension pour parvenir au second étage.

La décoration est bien différente, on oublie qu'on est dans une vieille demeure seigneuriale, moins de dorures, moins de couleurs, des portes non ouvragées, avec sur chacune d'elles les noms des collaborateurs.

— Nous sommes quatre experts-comptables, un crédit manager, un audit externe et huit comptables. Je suis la responsable du recrutement et évidemment contrôleuse de gestion. Chacun de nous a un portefeuille client, je travaille avec certains d'entre eux, les plus importants, il va sans dire.

Cette nana à un ego surdimensionné, je ne pense pas qu'on puisse devenir amie. Moi qui imaginais être embauchée dans une petite entreprise familiale, je me suis bien plantée. Mais bon, ça reste un CDI...

Mon attention se reporte sur madame « j'ai un grand ego », elle me désigne l'une des portes et je vois son titre et enfin son nom : Madame Cécile Delaune.

— Votre bureau est celui au fond du couloir, ne vous trompez pas de porte, à côté ce sont les toilettes. Votre salle de pause est de l'autre côté.

Notre salle de pause ? Ok… Il y a le gratin et le reste du monde… Ça promet d'être gai !

— Je vais vous présenter ceux avec qui vous allez travailler, il n'est pas nécessaire de déranger les autres, de toute façon ils ne sont sûrement pas encore arrivés.

Je la suis, un nœud se forme dans mon estomac, on ne peut pas dire qu'elle sache mettre les gens à l'aise. Après tout, je ne suis pas ici pour lier de nouvelles amitiés, mais quand même !

Cécile Delaune, donne deux petits coups à la porte et entre sans attendre qu'on l'y invite.

— Bonjour, voici, mademoiselle Simons Élise. Elle remplace Édith.

Elle se tourne vers moi et se plaint presque :

— Édith était une excellente employée, mais elle a préféré partir en retraite. C'est bien dommage.

J'arrive avec beaucoup de mal à esquisser un sourire de compréhension. Mais c'est quoi cette femme ? On devrait avoir pour seul but que le travail ? Il n'y a plus qu'à espérer que les trois personnes présentes seront un peu plus affables !

J'observe chacun de mes nouveaux collègues, tous bien plus âgés que moi. Je pense que la fameuse Édith n'est que la première à partir en retraite, les trois autres ne devraient pas tarder à la suivre.

— Voici Jeanne, elle sera votre collègue la plus proche, puisque toutes deux travaillez pour madame Tanneur. Jacques et Marie sont les assistants de monsieur Graph.

À chaque nom, je fais un petit signe de tête, ma boule se resserre encore un peu. Bienvenue, dans le club du troisième âge. Une idée saugrenue émerge peu à peu : Sont-ils réellement vieux, ou bien est-ce ce travail qui les vieillit prématurément ?

— Monsieur Graph et madame Tanneur, sont sous les ordres directs de Monsieur Dubreuil.

Je rêve où elle sourit en disant ce nom. Je crois même la voir rougir légèrement. Elle reprend, de manière assez froide :

— Il est évident que vous n'aurez pas affaire à lui. Bien, Jeanne, je vous laisse expliquer ce que doit faire cette jeune demoiselle.

Elle se tourne une dernière fois vers moi et annonce :

— Bienvenue dans les bureaux de la famille Galard. Nous ne devrions plus avoir beaucoup affaire ensemble, en tout cas, ce serait souhaitable pour vous.

— Oui, je… merci. Bonne journée madame Delaune.

La vieille harpie ressort et me laisse là, seule au milieu du troisième âge. Jeanne me lance un sourire bienveillant et m'invite à la rejoindre. Elle semble sympa, ouf !

*

Mes deux mois d'essais sont passés rapidement, je revois seulement aujourd'hui madame Delaune. J'en ai appris de belles sur elle. Non pas que je suis friande des potins, cependant, ils sont les bienvenus durant la monotonie du classement de papiers, ou saisie des comptes bancaires. Je frappe doucement et patiente le temps d'entendre sa voix. Rien. Je vérifie l'heure, je suis pile à l'heure, ni trop tôt ni trop tard.

La porte s'ouvre et ce n'est pas la vieille harpie, mais un homme, jeune, et vraiment beau gosse pour le coup ! Je sens mes joues rosirent, il me sourit. Prise d'une soudaine panique, je lis le nom sur la porte, c'est bien celui de madame Delaune. Je balbutie quelques mots, qui j'espère ont du sens :

— Je… j'avais rendez-vous avec… Pardon, je repasserai plus tard, je ne voulais pas déranger.

Il hausse un sourcil amusé et me répond, d'une voix qui ferait fondre n'importe quelle femme célibataire depuis X temps. Moi, donc !

— Je vous en prie, je vous laisse avec notre chère RH. Vous êtes Élise Simons, c'est bien ça ?

— Euh… oui…

Il me tend la main et m'annonce :

— Bienvenue, dans la grande famille Galard.

Il me serre la main et m'abandonne, sans me donner le temps de dire quoi que ce soit. Le fantôme de son toucher reste présent, une sensation chaude, douce et ferme à la fois. Peut-on tomber amoureuse avec un regard, un sourire ? Non ! Je me gourmande et tente de reprendre mes esprits. Je reviens à la réalité avec la voix moins mélodieuse de madame Delaune.

— Alors Élise, vous entrez ? J'ai autre chose à faire qu'à vous attendre !

— Oui, pardon.

Je me résigne à franchir le seuil et surtout à oublier cet homme dont je ne sais rien. D'un geste rapide, la RH me désigne un contrat, je ne comprends pas. J'ai déjà signé mon CDI. Sur son invitation, je m'assieds et attends qu'elle m'en dise plus.

Pas besoin de voir sa tête pour la sentir irriter, j'ai beau chercher, je ne me souviens pas d'avoir fait de bourde.

— Bien, votre période d'essai est terminée. Il est arrivé aux oreilles de monsieur Galard, que vous espériez mieux qu'une place de secrétaire comptable. Je ne doute pas que vous discutez librement avec vos collègues, après tout j'ai déjà entendu bon nombre de rires venant de votre bureau.

Je suis prête à répondre quand elle poursuit :

— Personne ne se plaint de votre travail, aussi étonnant que ce soit. Admettons que vous puissiez faire correctement vos tâches en plus de plaisanter. Passons. Monsieur Galard désire qu'un avenant soit ajouté à votre contrat.

J'essaye de ne pas réagir, déjà que les pauses sont comptées au compte-gouttes, et hors de question de se trouver en pause avec les autres bureaux, c'est pire que l'armée ici ! Je me maîtrise du mieux que je le peux pour demander :

— En quoi consiste cet avenant ?

— Il vous permet de reprendre des cours afin de pouvoir par la suite devenir comptable, voire expert-comptable. Je ne vous cache pas que je m'y suis opposée. Si vous espériez mieux, il ne fallait pas quitter les bancs de l'école. Monsieur Galard a insisté, visiblement vous auriez aidé madame Tanneur à résoudre un problème. J'ignore comment vous vous êtes débrouillée pour vous faire connaître de monsieur Galard, mais n'essayez pas de jouer les ingénues naïves et encore moins de mettre le désordre ici.

— Ce n'est pas mon intention ! Je n'ai jamais rencontré monsieur Galard ! Je n'ai que fait mon travail, je ne crois pas qu'on puisse me le reprocher.

Elle hoche la tête. Cherchait-elle à me déstabiliser ? Je ne le sais pas, elle m'agace réellement trop pour que je puisse lui dire tout ce que j'ai sur le cœur.

Madame Delaune me tend enfin le contrat, je le lis rapidement, on me propose de travailler en alternance. Mon salaire resterait le même à condition que j'obtienne mon nouveau diplôme et que je ne change pas de cabinet comptable dans les 5 prochaines années. Une indemnité est prévue en cas de cassure de contrat.

Bon en théorie, je ne devrais plus avoir affaire à elle maintenant.

Je n'hésite pas et signe. Sitôt fait, la vieille harpie m'enjoint de retourner travailler. Mieux vaut bosser que de séjourner avec elle. Elle me donne un double du contrat et me laisse partir.

Un coup d'œil à l'heure m'indique que ma pause est passée. Je pousse un long soupir et me dis :

J'ai besoin d'un café ! Peut-être que…

Je sens mes lèvres s'étirer, peut-être que le beau gosse travaille ici, et avec un peu de chance, il sera en pause ! Sans surprise, la salle est vide. Tant pis. Je remplis rapidement ma tasse et retourne dans mon bureau.

Jeanne m'accueille avec un grand sourire :

— Alors ?

— J'ai eu un avenant, pour me permettre de poursuivre mes études en même temps.

Elle ne semble pas étonnée et me félicite. Jacques et Marie se joignent à elle. J'hésite à lui demander si elle connaît le type que j'ai croisé. J'attrape le dossier « Bat and Co » et commence à trier les factures, notes de crédit et… autres papiers ayant servi de toute évidence à s'essuyer les pieds. Je finis tout de même par l'interroger l'air de rien :

— Il y a de nouvelles embauches ?

— Il ne me semble pas, pourquoi ?

— J'ai croisé un type… plutôt mignon. Il sortait du bureau de madame la duchesse.

Jeanne sourit, on sait tous que Cécile Delaune se prend pour la reine mère en personne. Ici, personne ne la porte dans son cœur. Elle poursuit :

— Un type plutôt mignon, hein ?

— Oui, genre 25 ans, brun, des yeux verts…

Le sourire de Jeanne s'élargit et demande :

— Oh lui, il termine son mémoire pour le DEC.

— Tu connais vraiment tout le monde, ici !

Jacques éclate de rire, tout comme Marie. Le regard qu'il me lance indique clairement qu'ils savent quelque chose que j'ignore. Je ne dis rien, je ne suis là que depuis deux mois, il n'y a rien d'étonnant à ça.

Jeanne ne se dépare pas de son sourire bienveillant et répond seulement :

— Disons que je suis ici, depuis le début du cabinet Galard.

J'ai l'impression qu'elle ne me dévoilera rien de plus, pourtant elle continue :

— Je crois savoir qu'il se rend souvent au « Trois Mâts ».

Je l'observe et demande le plus sérieusement du monde :

— Allez, avoue, tu es agent secret et ton travail ici n'est qu'une couverture.

On éclate tous de rire, je sursaute violemment en voyant la porte s'ouvrir avec fracas.

— Eh bien, on s'amuse bien ici.

Jeanne lance un regard morne sur Cécile Delaune. J'ai l'impression qu'elle va pour dire quelque chose, mais aucun son ne sort de sa bouche. La harpie se dirige directement vers moi et me notifie :

— J'ai omis de vous donner le dossier d'inscription. Veuillez le remplir le plus rapidement possible.

Je vois ses yeux dériver sur les papiers que je trie, sa lèvre se retrousse, l'air dégoûté. Elle repart aussi vite qu'elle est arrivée. Jeanne secoue la tête et grogne :

— Si seulement Michel ne couchait pas avec elle, elle serait depuis longtemps licenciée !

Je la regarde qui est Michel ? J'ai envie de poser la question, cependant son visage contrit me pousse à renoncer. J'ai l'impression qu'elle vient de se trahir, mais je ne comprends pas en quoi.

*

Je potasse mes cours, mais rien n'y fait, je resonge à ma rencontre fortuite de la veille. C'était court, trop court… Je descendais l'interminable escalier après une journée de boulot fort ennuyeuse. La saisie des comptes est longue, pénible et monotone. J'étais perdue dans mes pensées quand j'ai manqué de le heurter alors que lui montait. Son sourire… son merveilleux sourire !

Je bascule sur mon lit et ferme les yeux pour revoir son air surpris et heureux à la fois de me croiser. Bon ok, je me fais des films, je crois que ça fait trop longtemps que je suis célibataire !

— Vous devriez sortir plus souvent, il n'y a pas que le boulot dans la vie.

Il m'a lancé un clin d'œil et a poursuivi son chemin. Était-ce une invitation ? Et puis, qu'en sait-il si je sors ou pas ! Bon, c'est vrai que je raconte tous mes week-ends à Jeanne. C'est-à-dire, comment je révise mes cours. Mais pourquoi irait-elle le répéter à un gars qui fait son stage dans la boîte ?

Je jette un coup d'œil à l'horloge, il est presque 22 h. Je râle tout haut :

— Élise, tu as vingt et un ans et tu passes le plus clair de ton temps dans les comptes et dans les livres ! Apprends à vivre !

J'attrape mon téléphone et tente une première copine. J'envoie un SMS et patiente. Sa réponse arrive rapidement. Elle est négative, j'essaye une autre, réponse idem. Je soupire. J'ai bien un ou deux potes à qui je pourrai demander. Cependant, j'ai déjà couché avec eux, et si je leur demande comme ça, ils vont croire que c'est juste pour un plan cul.

— Et puis merde ! Un plan cul ne me fera pas de mal !

Plus qu'à choisir Seb ou Dan ? Je reprends mon téléphone et lance l'appelle, j'enclenche le haut-parleur et me dirige vers la salle de bain pour me préparer. Je n'attends pas longtemps avant qu'il réponde :

— Salut beauté ! Tu n'es pas morte finalement !

— Si ! Mais, mon esprit refuse de trouver le repos éternel !

— Quoi de neuf dans la compta ?

— Pas grand-chose. J'ai besoin d'un bol d'oxygène ! Ça te dit de m'accompagner au « Trois Mâts » ?

— Au « Trois Mâts » ? C'est une boîte de richou, ça ! Tu ne préfères pas qu'on se fasse une soirée tranquille ? Pizza, jeux et…

— Allez Dan, soit sympa, j'ai besoin de me défouler… j'ai pas envie d'y aller seule et…

— Et tu veux un chaperon ? Comme ça, dans le pire des cas, t'auras un plan B.

— Tu me prends vraiment pour une garce !

Ok, je devrais l'admettre, pour le coup c'est un peu ça. J'aurais peut-être dû appeler Seb, il pose moins de questions. Je finis par lui dire la vérité :

— Il y a un gars à mon taf qui y va régulièrement, et oui, j'aimerais bien me le faire.

Je l'entends rire, je soupire et patiente longtemps avant qu'il ne daigne répondre :

— C'est ok, ma belle. Je viens te prendre dans une heure. Et si le prince charmant n'est pas là, je t'autorise à te consoler dans mes bras !

Cette fois, c'est moi qui éclate de rire.

— C'est entendu !

*

C'est la première fois que je mets les pieds au « Trois Mâts », en effet la boîte est vraiment chic, Dan se penche vers moi et me demande :

— J'espère que ton compte est blindé, sinon on est condamné à boire de l'eau au robinet des toilettes.

— Je viens de recevoir ma paye. Je mangerai des nouilles pendant le reste du mois !

Il m'attrape par la taille et me pousse en avant, le vigile nous jette un regard torve, puis daigne nous laisser entrer. Le tarif pique, mais bon, ce n'est pas comme si je sortais toutes les semaines.

Étonnement, il y a déjà du monde, j'observe les alentours, je ne reconnais personne. Ce n'est pas le cas de Dan qui me tire avec lui pour rejoindre un groupe qui semble bien parti.

— Dan ! Je croyais que tu étais trop claqué pour sortir ?

— J'ai une amie qui avait besoin de se défouler. Tu me connais, je ne peux résister à une femme en détresse !

Les deux gars éclatent de rire, mon ami se tourne vers moi et m'explique :

— Maxime est avec moi, en cours.

— Vous prévoyez donc d'être également médecin ?

Magnifique question, s'il est en cours avec Dan, c'est qu'il fait médecine, ce n'est pas pour devenir plombier. J'aimerais me baffer parfois. Le gars semble sympa, il me répond avec un sourire franchement amusé :

— Gynéco, plus précisément ! Et je suis toujours partant pour mettre en pratique ce que j'apprends !

Il veut me faire un frottis ? Il y a mieux comme entrée en matière !

Mes lèvres s'étirent, je suis plus gênée qu'autre chose, Dan reprend le fil de la conversation et me sauve de cet embarras :

— Elle est trop bien pour toi, Max !

— Pourquoi est-elle avec toi dans ce cas ? Elle te connaît un peu ? Ou c'est encore une de tes victimes ?

Cette fois, je souris franchement, oui je connais parfaitement Dan et ses mœurs légères. La fidélité et la monogamie ne font pas partie de son vocabulaire. Peut-être que sans ça, je serais avec lui, peut-être aurais-je pu être réellement amoureuse de lui. Il a toujours été franc, il n'a jamais tenté de me cacher quoi que ce soit. Je réponds au gars :

— Connaissant très bien Dan, je doute que ses amis soient différents de lui !

J'ajoute un petit clin d'œil malicieux. Ils éclatent de rire, je souris et continue de chercher du regard mon presque collègue. Max n'a visiblement pas envie d'en rester là :

— Eh bien, tu es amie avec lui, dois-je conclure que tu es également du même acabit ?

— Moi ? Non ! Dan a raison, je suis trop bien pour vous deux !

Les autres, autour, qui n'avaient pas encore dit un mot nous suivent dans une hilarité non feinte. On s'installe avec eux et j'apprends à les connaître, ils sont sympas, la plupart sont en médecine, l'une des filles, est en droit et deux autres en lettres modernes.

Je suis donc la seule à avoir dû arrêter mes études. Je me rends compte qu'on n'est pas issu du même milieu. Peu importe, j'ai omis le fait que je travaille et que mon employeur par générosité d'âme me paye mes études en alternance.

La boîte continue de se remplir, je n'ai toujours pas aperçu le beau gosse. Après le troisième verre, vu les prix certainement le dernier, je me résigne à me servir sur place. Contrairement à ce qui avait été décidé, Dan ne finira pas dans mon lit pour me consoler, à moins que je n'accepte de faire un trio avec la charmante blonde qu'il asticote depuis pas mal de temps.

Son pote Max est pas mal, mais je n'ai toujours pas réussi à déterminer s'il est en couple ou pas avec la future avocate. Je repose mon verre, vide, il n'est pas 2 h du matin. Je me persuade de gagner la piste de danse, je me laisse envahir par la musique.

Soudain, deux mains se posent sur mes hanches. Saisie, je me retourne pour faire face à celui qui ose venir se coller à moi.

— Dan ? T'as perdu ta proie ?

Il glisse vers mon oreille pour me chuchoter :

— Tu étais bien plus tentante...

Il m'embrasse dans le cou, j'éclate de rire, il poursuit :

— On ne laisse pas une biche aux abois au milieu des loups.

Il me glisse de nouveaux baisers, puis se décolle légèrement pour me permettre de jeter un coup d'œil circulaire, en effet, il y a quelques gars qui regardent dans ma direction, même si très vite, ils se portent sur d'autres donzelles.

On retourne s'asseoir, je ne vois plus les amis de Dan, peut-être sont-ils partis. La blonde nous rejoint et s'installe directement sur les genoux de mon ami. Tout ce que je ne voulais pas, me voilà en train de tenir la chandelle. Je prétexte l'envie d'aller aux toilettes et m'éclipse, je ne suis pas certaine qu'ils m'aient entendue.

Quand je reviens, ils ne se sont pas décollés, encore un peu et je les imagine bien se défringuer devant tout le monde. Je soupire et me dirige vers le bar.

— Un sex on the beach, s'il vous plaît.

Je vais pour payer quand j'entends une voix chaude répondre :

— Mets-le sur ma note.

Je me tourne vers l'homme, c'est lui, le beau gosse qui termine son mémoire.

— Bonsoir, me sourit-il.

— Je ne vous attendais plus.

Il hausse un sourcil et rétorque :

— Nous avions rendez-vous ?

— C'est peut-être pour ça, alors, que je ne vous ai pas vu plus tôt ! Merci pour le verre.

Il sourit, ça ne devrait pas être permis d'avoir un sourire aussi ravageur. Il continue :

— C'était la moindre des choses pour me faire pardonner mon retard à notre « non-rendez-vous ».

J'éclate de rire, l'alcool n'y est pas pour rien. Je regarde dans la direction de Dan, toujours en plein examen des amygdales de la blonde.

— On dirait que votre petit ami vous a vite oubliée.

— Dan n'est pas mon petit ami, on se connaît depuis trop longtemps pour ça.

— J'aurais pourtant juré le contraire il y a moins d'une heure.

Je l'observe, surprise. Je fais signe que non et interroge :

— Cela vous aurait contrarié ?

— Nous ne sommes plus dans les locaux de la famille Galard, on pourrait peut-être se tutoyer ?

Je me contente de hocher la tête, remarquant qu'il n'a pas répondu à ma question, je sirote mon verre, me demandant comment obtenir plus qu'un cocktail.

Il m'invite à le suivre plus loin dans la boîte, les lumières sont plus tamisées, bon nombre de personnes imitent Dan et la blonde. J'observe plus de raison l'un des couples où la fille en jupe est sur les genoux de son mec en train de l'embrasser. Je mets un peu de temps à reconnaître la future avocate et Max, j'ai ma réponse. Je remarque seulement leurs mouvements plus qu'équivoques. Je rougis en m'asseyant face à…

— Je ne connais toujours pas *ton* nom…

Il jette un coup d'œil curieux sur le couple que je matais quelques minutes plus tôt. Il revient à moi et m'interroge :

— Comment aimerais-tu que je m'appelle ?

— Quoi ?

Je ne capte rien, c'est quoi sa question.

— Oui, comment aimerais-tu, toi, m'appeler ? Certains noms effraient les gens.

— Oh… Et tu crains que je sois effrayée ?

Mon regard dérive sur le couple, non pas que je sois voyeuse, cependant une douce chaleur m'envahit lentement.

— Du moment que tes parents ne t'ont pas nommé Adolf Hitler, ou Émile Louis, ça devrait aller, je pense. Après ça serait cool que tu me dises t'appeler Clark Kent, mais tu n'as pas de lunettes, et je doute que tu portes des collants bleus flashy…

— En effet ! rit-il. Je ne porte pas de collants, même si je suis certain que ça m'irait très bien !

C'est à mon tour de hausser les sourcils, ce gars me plaît vraiment, même si j'ignore toujours son nom.

— Tu voudrais les rejoindre ?

Il a dû surprendre mes yeux qui s'égarent régulièrement sur les deux qui s'envoient en l'air, comme s'ils étaient seuls au monde. Techniquement, on voit rien, je ne peux même pas assurer que c'est réellement le cas, pourtant je suis sûre de ce qu'ils font.

— Pas spécialement, je ne suis pas assez exhibitionniste pour ça ! Alors, beau gosse, comment te nomme-t-on ? Je ne serai pas effrayée, c'est promis.

Il sourit et finit par répondre :

— Thomas.

Je pose une main sur le cœur, de façon plus qu'exagérée et pousse une exclamation :

— Oh mon dieu, Thomas ! En effet, je frôle la crise cardiaque ! Quel nom horrible et effrayant !

J'éclate de rire et porte de nouveau mon verre à ma bouche. Je ne le lâche pas du regard, tout en jouant avec ma paille. Il va pour dire quelque chose quand on est interrompu par une fille ivre qui manque de s'écraser sur nous. Mon cocktail se renverse à moitié dans mon décolleté. Je me relève aussi surprise que gênée.

— Oups !

Je l'entends émettre un son entre le rire et le rot. Comment peut-on se mettre dans un état pareil ?

— Je vais essayer de trouver quelque chose pour me sécher.

— Attends, je vais t'…

— Pourquoi ça tourne, ici ?

Je vois Thomas retenir la fille qui manque de lui vomir sur les chaussures, comme quoi, classes ou pas classes, les ivrognes sont vraiment tous les mêmes !

Je rentre dans les toilettes et prends du papier absorbant, ma robe est fichue, ce n'est pas comme si j'en avais à profusion ! Je soupire, je pense rentrer dans peu de temps, ce n'est pas ce soir que je conclurai quoi que ce soit.

Je longe le couloir sombre lorsqu'on m'attrape par la main pour me coller au mur. Je laisse échapper un cri de stupeur. Je m'apprête à donner un coup de genou bien placé, quand je l'entends me murmurer :

— Ce n'est que moi...

Il n'attend pas que je réagisse pour m'embrasser à pleine bouche. Mon cœur s'accélère, sa langue s'insinue entre mes lèvres, je réponds avec délice à ce baiser que j'espérais depuis le premier jour où je l'ai croisé.

Il se plaque à moi, il se fait plus pressant. Thomas lâche ma main pour me tenir plus fermement contre lui, de l'autre, il commence à me caresser la taille et à descendre jusqu'à l'ourlet de ma robe se situant sur le haut de ma cuisse.

Alors que je pensais vouloir le repousser, je m'étonne à le retenir pour prolonger notre baiser. Il continue de se balader légèrement sur ma cuisse jusqu'à atteindre mon intimité.

J'échappe un hoquet de surprise étouffé par sa bouche, il quitte mes lèvres pour me regarder dans les yeux, la pénombre nous cache des autres noctambules. Leurs voix me parviennent assourdies, nous sommes comme dans une bulle. Ses doigts glissent en moi, et je ne peux m'empêcher de pousser un gémissement de satisfaction et de plainte à la fois.

Thomas me bâillonne une nouvelle fois en m'embrassant. Mes hanches se mettent à agir d'elles-mêmes, dans un lent mouvement de va-et-vient, suivant la cadence de ses doigts. J'en veux plus, je veux le sentir en moi.

— Allons chez toi... à moins que tu ne préfères...

Il ne termine pas sa phrase, et je sais très bien à quoi il fait référence. Je crois qu'il n'en faudrait pas beaucoup plus pour que je lui donne l'autorisation de me prendre, là, tout de suite aux yeux de tous.

— Encore... une seconde...

Ma voix est à peine plus audible, c'est plus un chuintement, il se penche sur mon cou, où quelques heures plus tôt Dan m'avait embrassé en riant. Cette fois, c'est ce beau gosse sur lequel je fantasme depuis des mois. Il me mordille l'oreille et en profite pour murmurer d'une voix rauque :

— Gourmande...

Il continue sa caresse, passant de plus en plus vite sur mon clitoris avec son pouce. Ses doigts s'enfoncent davantage en moi. J'oublie l'endroit où nous sommes, peu importe qu'on nous voie. Je halète contre lui, je retiens tant bien que mal mes gémissements.

Thomas me renverse la tête pour reprendre mes lèvres enfiévrées. Il les dévore, me laissant à peine le temps de respirer, sa langue tourne autour de la mienne me torturant avec passion.

Je me contracte, c'est si bon. Je contiens difficilement un râle de plaisir. Il cesse doucement sa torture, délicatement il dégage sa main, couverte de mon désir. Un petit sourire narquois étire ses lèvres :

— Eh bien, mademoiselle Simons... Je crois qu'il est temps de rentrer...

À peine termine-t-il sa phrase qu'il goûte ses doigts sans me lâcher des yeux. Je me sens rougir sous son regard. Ma poitrine continue de se soulever à un rythme rapide.

— On peut y aller ?

— Je... Je dois récupérer ma pochette et prévenir Dan.

Le passage dans la voiture refroidit légèrement nos ardeurs, enfin un peu seulement. Dès que la porte claque, je l'entraîne à ma suite dans l'ascenseur, unique privilège de cet immeuble ! Il n'attend pas pour m'embrasser sans retenue.

Il m'installe sur la barre d'appui, le bip de l'ascenseur retentit, Thomas me demande sans quitter mes lèvres :

— Quel étage ?

— Mmh... dernier.

Il reprend d'assaut ma bouche, ses mains découvrant mes formes. Mon téléphone nous interrompt avant que la cage arrive à destination. Thomas daigne délaisser mes lèvres et se concentre sur mon cou.

— Dan ?

— Tu t'es tirée ?

— Oui, désolée. Je…

— Ok, j'ai compris. Tel à l'occasion beauté !

— Promis.

Une fois sur le palier, je redescends de la barre, et réajuste du mieux que je peux ma jupe. Je prends la main de Thomas et l'entraîne vers mon magnifique studio.

Je prends garde à ne pas laisser les clefs, referme la porte et me jette littéralement sur ce beau gosse qui n'est plus un inconnu. Enfin, presque plus, je connais son prénom, et bientôt je le connaîtrai au sens biblique !

On tombe ensemble sur le lit. Nos vêtements disparaissent rapidement. Jamais je n'ai sauté le pas aussi vite avec un mec.

On se découvre, étant plus ou moins attentif aux réactions de l'autre. Je ne comprends pas ce besoin, mais c'est vital, c'est comme respirer, il est mon oxygène. Je dévore ses lèvres, sa langue cherche la mienne avec avidité.

Je câline du bout des doigts ses pectoraux et continue sur ses abdos, ok les tablettes de chocolat ne sont pas ultra visibles, mais elles sont présentes !

— Je te veux…

Mes paroles ne sont qu'un souffle, mais il m'a bel et bien entendu. Sa réaction ne se fait pas attendre, il attrape son jean et s'empare d'un préservatif.

Thomas replonge sur moi pour m'embrasser, me caresser et enfin me pénétrer. Ma tête bascule en arrière, je l'espérais depuis si longtemps que j'ai l'impression de me noyer dans le plaisir. Mon souffle est coupé. Mes sensations sont décuplées, je reprends de l'air en laissant échapper un gémissement de satisfaction. J'ai le sentiment de recommencer à vivre, les couleurs sont plus vives, le monde est moins terne.

Il se fait plus tendre, il est moins empressé, il savoure chaque seconde. Lentement, il glisse en moi, il dépose une myriade de baisers le long de mon cou. Ses mains caressent doucement ma poitrine. Ses lèvres viennent à la rencontre des miennes, nos langues s'effleurent dans une danse sensuelle.

Je l'agrippe aux épaules, sa peau est douce, j'oublie tout ce qui nous entoure. J'ai toujours trouvé idiote l'expression « s'envoyer en l'air ». Jamais je n'avais eu cette sensation de légèreté, de vol en plein ciel.

Thomas devient plus pressant, son rythme s'accélère. Il étouffe mes plaintes de sa bouche. Mes ongles s'enfoncent dans ses épaules, mes hanches viennent à sa rencontre. Il attend que je jouisse pour se laisser aller. Je trouve ça adorable. Je ne prends pas le temps de pousser plus loin ma réflexion, l'orgasme me terrasse sans que je m'en rende compte. Je ferme les yeux et ne pense qu'à cette sensation de pur plaisir.

Tout aussi tendrement, il parvient au plaisir. Il reste un moment sur moi, haletant. Il m'embrasse, sa douceur est surprenante après la voracité avec laquelle on a commencé.

Je n'ai plus qu'une seule envie : m'endormir dans ses bras, c'est ce que je fais.

*

Quand j'arrive dans mon bureau, Jeanne me fait un grand sourire de bienvenue. Jacques et Marie ne sont pas encore là. Je ne suis pas assise qu'elle me demande :

— Ç'a été ton week-end ?

— Oui, c'était assez sympa.

24

Son visage ne trompe personne, elle sait quelque chose, c'est évident. Je la regarde dans les yeux et cette fois je l'interroge :

— Quoi ?

— Rien, rien. Je suis contente que ton week-end se soit bien passé, c'est tout.

Je prends un classeur et continue :

— Je dois terminer le dossier de la boulangerie et l'apporter à Anne.

Marie arrive et nous salue brièvement. Elle aussi se met de suite au travail. Je trouve cette façon de faire tout sauf productive.

— Au japon, ils considèrent qu'un employé doit être heureux pour se donner à son maximum.

— Ça n'a pas toujours été comme ça. C'est depuis que Cécile est devenue RH. Avant qu'elle n'arrive, chacun prenait sa pause quand il en avait envie. Genre à la fin d'un dossier.

— Elle est là depuis longtemps ?

Jeanne réfléchit un instant, Jacques entre avant qu'elle ne réponde. Elle le salue et lui demande directement :

— Dis-moi, sais-tu quand Cécile Delaune est arrivée au cabinet ?

Jacques s'assied tout en réfléchissant :

— je crois que c'est quand le p'tit a eu son permis moto, tu ne te souviens pas ?

Loïc avait fait son speech et le p'tit avait déclaré être d'accord.

— Mais oui !

Je les regarde tour à tour, en effet ça doit faire un sacré temps qu'ils travaillent tous ensemble. Jeanne se retourne vers moi et m'explique :

— Elle est là depuis, bientôt 5 ans. Elle n'a pas tout changé tout de suite. Ç'a été fait par morceau. Genre cela a commencé avec les salles de repos. Elle ne trouvait pas normal que les assistants puissent fréquenter les experts-comptables comme s'ils étaient égaux. Puis le temps des pauses, les heures d'arrivée. Oh, ça partait d'une bonne intention, pour optimiser le rendement.

— Je vous l'avais dit, rappelle l'air de rien Marie.

— Je sais bien, nous aurions dû réagir à ce moment-là, maintenant c'est plus compliqué.

Je referme mon dossier, j'ai plus qu'à le donner à ma supérieure.

Avant de m'en aller, je demande :

— Pourquoi c'est plus compliqué ? Jeanne tu connais tout le monde, en plus, si ce n'est pas elle qui t'a engagée, tu devrais pouvoir parler au big boss ! Je t'avoue qu'ici je ne vois quasi personne à part vous, vous êtes certains que d'autres personnes travaillent ?

Jacques rit tout bas, Marie hoche la tête à mes paroles. Jeanne finit par me dire :

— Le problème c'est qu'elle est la maîtresse de Michel.

— Qui c'est Michel ?

— Monsieur Graph.

— Oh...

Ok, donc je ne m'étais pas trompée quand j'avais remarqué son léger rougissement lorsqu'elle m'en avait parlé le premier jour.

— Le chef craint qu'en la virant, Michel Graph parte en prenant les clients avec lui ?

Jeanne hoche la tête, l'air triste.

— Peut-être qu'elle va finir par réaliser que son système n'est pas top.

Je hausse les épaules et sors avec le dossier. Je vais rapidement dans le bureau d'Anne Tanneur. Je lui dépose le classeur, il n'est pas 9 h, pas étonnant qu'elle ne soit pas encore là. Quand je repars, je me heurte à quelqu'un. Je n'ai pas le temps de réagir, que la bouche de Thomas arrive sur la mienne. Il me sourit et dit :

— Tu m'as manqué cette nuit.

Je suis si surprise qu'il m'embrasse sans pudeur dans les locaux de la boîte que je me sens rougir bêtement. Je finis par répondre, un peu hésitante :

— C'est toi qui as voulu rentrer pour te changer… Je ne t'ai pas chassé !

— Je dois corriger quelques trucs pour mon mémoire. On se voit ce soir ?

— D'accord.

— Je t'enverrai un SMS, je dois vraiment me dépêcher, je suis à la bourre.

Il me glisse un léger baiser, et je le contemple se précipiter dans l'escalier. Quand je réagis enfin, je réalise qu'il n'a pas mon numéro de téléphone ! J'entends la porte du rez-de-chaussée claquer. Trop tard.

Après tout, il sait où j'habite.

Je retourne dans mon bureau, des papillons dans le ventre, des étoiles plein les yeux. Je soupire d'aise en m'asseyant devant le regard étonné de mes collègues.

Je mets quelques minutes avant de comprendre que Jeanne me pose une question pour la troisième fois, quand mon cerveau réalise enfin ce qu'il se passe, je réponds maladroitement.

— Je… euh, non, je n'ai pas vu Anne. C'est juste que…

Pourquoi je rougis ? Je n'ai plus 15 ans !

Jeanne m'interroge, un sourire malicieux aux lèvres :

— Serait-ce l'effet d'un certain jeune homme ?

Mes joues doivent être cramoisies. Sérieux ! C'est quoi cette attitude ? J'ai envie de me mettre des claques. J'essaye de trouver le change, mais à part une info stupide que j'ai lue sur les RS rien ne me vient à l'esprit.

— Je viens de le croiser, oui.

— Je ne veux pas me mêler de ce qui ne me regarde pas. Cependant, fais attention à ce que Cécile ne le découvre pas, sinon elle va t'en faire voir de toutes les couleurs.

Je reste dubitative et j'explique ma position :

— Ce n'est pas comme si je sortais avec un collègue. Il ne fait que son stage pour son mémoire. Ce n'est pas dit qu'il postule ici après, si ?

Jeanne semble surprise par ce que je dis, je ne vois pas pourquoi. Un petit sourire naît sur ses lèvres, puis elle me répond :

— Oui, tu as sans doute raison.

*

Je suis sous la douche quand mon téléphone se met à sonner. J'ai le choix entre dégueulasser mon appart, manquer de tomber, et peut-être mourir dans d'atroces souffrances ou espérer qu'on me laisse un message. Je continue de me laver la tête en réalisant que ça pourrait être Thomas ! J'ouvre la porte vitrée de la douche et stoppe net, mon portable a cessé de sonner.

Tu es folle, il n'a pas ton numéro...

Je songe également qu'il faut que j'arrête de me parler. Je sors, passe une serviette, et j'en prends une plus petite pour mes cheveux. J'attrape mon téléphone et regarde l'appel en absence : numéro inconnu. Pas de message. Mon cœur bat, aurait-il réussi à trouver mon numéro ? Je sursaute en entendant trois coups à ma porte.

Je m'approche doucement et observe par le judas, c'est Thomas ! J'hésite une seconde à lui ouvrir, je suis nue... bon ok, ce ne serait pas la première fois qu'il me verrait nue. Toutefois, c'est encore tout neuf... je ne réfléchis pas et lui ouvre.

Son regard est plus qu'appréciateur, il me lorgne de haut en bas. Son sourire devenant de plus en plus large.

— Tu as un micro-ondes ?

Hein ?

— Euh, oui... qui n'a pas de micro-ondes aujourd'hui ?

Il ne se fait pas prier pour entrer, il referme la porte, pose les sacs qu'il tient. Ça sent super bon ! Thomas fond sur moi pour m'embrasser. Je ne fais rien pour l'esquiver, bien au contraire. À peine nos bouches se rencontrent que nos langues s'entremêlent pour une danse des plus fougueuses.

Mes deux serviettes, soigneusement nouées, ne mettent pas longtemps avant de tomber à même le sol. Notre baiser s'allonge jusqu'à ce qu'on atteigne mon lit. Rien de bien étonnant, vu la taille réduite de mon studio.

Dès que je me retrouve couchée, Thomas me couvre de baisers plus ardents les uns que les autres. Il fait courir sa langue le long de mon cou, l'une de ses mains s'égare sur mes seins pendant que la seconde descend bien plus bas. Mon corps se cambre contre lui automatiquement, suivant ses caresses.

Ses lèvres poursuivent leur chemin pour s'attarder sur mes tétons, je laisse échapper un long gémissement de plaisirs quand il se met à les mordiller. Mes ongles s'enfoncent dans le matelas, une chaude volupté prend forme doucement, mes sens sont affolés par ces perceptions trop longtemps éteintes.

Thomas reprend son incursion pour rejoindre ses doigts déjà bien humides de mon plaisir. Sans réfléchir, j'écarte davantage les jambes pour lui faciliter l'accès. Je n'ai pas besoin de le regarder pour sentir son sourire devant mon empressement.

Il ne me fait pas languir et se jette sur mon intimité, léchant avidement toutes parties se présentant à lui. Ses dents viennent titiller mon clitoris me soutirant de petits cris de jouissance, puis sa langue part savourer le fruit du travail de ses doigts. Il retourne ensuite sur mon clitoris, le happant, le mordillant, l'embrassant. Il s'amuse à m'arracher des gémissements tantôt d'impatience, tantôt de plaisir.

Mes mains saisissent sa tête et s'enfoncent dans ses cheveux, je le colle plus contre moi. Je veux le sentir en moi.

Il devine certainement mon souhait, car il revient s'emparer de ma bouche, me permettant de goûter à mon propre désir par la même occasion.

Je n'ai pas le temps de reprendre ma respiration, je l'aide à se débarrasser de ses vêtements. J'aperçois sa chemise voler d'un côté de la pièce pendant que je m'échine à défaire les boutons de son jean. Dès que son caleçon retrouve ses congénères, je vois son sexe dressé fièrement. Je mordille ma lèvre, impatiente de le ressentir une nouvelle fois en moi.

Il s'allonge m'embrassant voracement, sa langue a gardé mon goût, cette petite saveur salée accentue le feu qui brûle dans mon ventre. Sa virilité pèse agréablement contre moi, un éclair de lucidité me frappe.

— Non !

Il me regarde surpris par ce soudain refus. Je tâtonne et trouve rapidement le tiroir de ma table de chevet. J'attrape les préservatifs et les lui montre :

— Je ne tiens pas à tomber enceinte.

Il soupire et se laisse retomber sur mon lit :

— Je te laisse bosser dans ce cas.

Je souris, amusée, je promène ma langue sur les lèvres. Thomas passe ses bras derrière sa tête, le sexe toujours dressé, il me jette un regard mi-figue mi-raisin. Je l'embrasse furtivement avant de jouer avec ses tétons de ma langue.

Lentement, je me mets à califourchon sur lui et presse mon pubis contre sa virilité au plus haut de sa forme. Je descends et m'arrête sur son nombril, je le vois se tendre de plus en plus, je sais ce qu'il attend.

Thomas soupire de satisfaction, à l'instant où je le prends en bouche, il est bien trop imposant pour que je puisse l'absorber totalement. De ma main libre, je joue avec ses testicules, régulièrement je resserre mes lèvres autour de son gland. Je lèche sa hampe sur toute sa longueur, en prenant tout mon temps. Il s'impatiente.

Il est tendu à son maximum, je l'entends pousser des râles de plaisir. Je me redresse enfin, une fois l'emballage du préservatif déchiré, je le fais glisser le long de son sexe.

Je grimpe enfin dessus, il me regarde, les yeux fiévreux de désirs inassouvis. Délicatement, je sens son sexe me pénétrer, ce n'est qu'une fois entièrement introduit, qu'il pose ses mains sur mes hanches, comme pour être sûr que je ne m'enfuie pas. Ça ne risque pas !

Je me délecte de le percevoir en moi, je commence à faire de lents mouvements de va-et-vient sur lui, l'absorbant toujours plus, le sentant toujours plus dur.

Mes paumes sur son torse me permettent de me surélever et revenir m'enfoncer sur lui de plus en plus vite, de plus en plus fort. Nos gémissements se mêlent, je l'embrasse, puis je me redresse, l'observant à loisir.

Ses mains pétrissent mes seins qui suivent la danse de mes mouvements. Nos respirations haletantes adaptent le même rythme que nos hanches.

Il me donne des coups de reins, m'arrachant des cris de plaisirs. Ma main gauche prend appui sur sa cuisse, alors que la droite rejoint la fusion de nos deux corps, mon majeur s'active à cajoler mon clitoris pendant qu'il continue de me pénétrer.

Je me sens arriver à l'orgasme. Je me contracte, alors qu'il continue de me prendre, ses mains ont regagné mon bassin pour me posséder plus profondément, je ne suis plus que désirs et jouissances.

Thomas me voit abandonner ma caresse intime, il sait que j'ai joui. Il me fait basculer tout en continuant ses va-et-vient. Il attrape alors l'une de mes jambes pour la mettre au niveau de ses épaules, de sa main libre il revient torturer mon clitoris.

Non, c'est trop tôt ! Je m'effraie d'être submergée par le plaisir. Je suis trempée, j'ai l'impression que mon cœur va lâcher, ses coups de reins sont plus forts, plus durs, plus puissants, sa main s'active davantage sur mon intimité.

Je suis parcourue de tremblements, mes cris et ses râles de plaisir meurent entre nos bouches. Malgré sa main coincée entre nos deux corps, ses doigts frottent de plus en plus vite mon clitoris.

Il se contracte, il me donne encore deux assauts et s'écroule sur moi. Je reprends difficilement ma respiration. Thomas m'embrasse, plus tendrement, il délaisse enfin mon corps pour se coucher près de moi. Il retire le préservatif, fait un nœud et le laisse tomber sur le sol.

Je laisse échapper un long soupir d'aise et viens me blottir contre lui. La tête sur son épaule, j'entends les battements de son cœur, rapides et forts.

*

Déjà plus de 10 mois que je travaille pour le bureau Galard. Rien n'a changé du côté de Cécile Delaune. Elle est toujours aussi aimable. Le point positif est que je ne la vois pas souvent. Tous les ans, le cabinet ferme pour les fêtes de Noël. Deux semaines de vacances obligatoires. Jeanne me regarde un petit sourire aux lèvres et me demande :

— Alors que comptes-tu faire, pendant tes vacances ?

— Potasser mes cours. Et trouver un cadeau pour Thomas. D'ailleurs, qu'est-ce qu'on peut offrir à un mec ? J'y réfléchis depuis des jours et rien ne me vient à l'esprit. En plus, ça va faire 6 mois qu'on est ensemble. Le pire est que j'ignore quasi tout de lui !

— Vraiment ?

— Oui ! Il dévie toujours mes questions, tu te rends compte que je ne connais même pas son nom de famille ! Je sais qu'il a un frère aîné, parti vivre en Suède. Il veut que je vienne fêter Noël avec sa famille. Je fais quoi moi ? Je ne vais pas me pointer la bouche en cœur et les mains vides ! J'offre quoi ? Du vin ? Des fleurs ? En plus, ce sera la première fois que je vais chez lui !

— Tu réfléchis trop, petite, sourit Jacques. Une bonne bouteille de vin, une belle plante feront amplement l'affaire aux beaux parents. Quant à ton homme, eh bien… tu disposes de ce qu'il faut sur toi !

Il éclate de rire et se fait immédiatement réprimander par Jeanne. Devant le regard réprobateur de sa collègue, il grogne :

— Jeanne ! Je sais très bien ce que tu as offert lors de certains Noëls à Loïc.

Il recommence à rire devant l'air mi-figue mi-raisin de Jeanne. Elle secoue la tête et répond simplement, un petit sourire aux lèvres :

— Je ne pense pas qu'Élise ait envie de connaître tout ce que j'ai fait plus jeune.

À vrai dire, je m'en fiche un peu, je me contente de plonger dans le dossier de « dernière minute » trouvé sur mon bureau avec la mention « à terminer avant de partir peu importe l'heure ».

Dans le milieu de l'après-midi, Jeanne se lève, prête à s'en aller, je crois que c'est la première fois qu'elle part avant tout le monde. Elle me jette un coup d'œil compatissant :

— Tu sais pour Noël, il ne faut pas que ça te traumatise… Je… tu t'entendras bien avec la famille de Thomas. Si ça peut t'aider, il me semble que Thomas n'a plus de montre, et sinon, il est fan de moto.

Elle me lance un sourire bienveillant et s'éclipse avant que je ne puisse lui demander comment elle sait tout ça. Plus qu'elles ne me consolent, ses dernières paroles m'affligent. Ma collègue connaît mieux mon petit ami que moi ! Je pousse un profond soupir et reprends le dossier.

Jacques part à l'heure prévue, Marie range ses affaires et s'apprête à sortir, elle se tourne vers moi et déclare :

— Ne stresse pas Élise, tout se passera bien. N'en veux pas à ton Thomas d'avoir omis de te parler de certains côtés de sa vie.

Tout comme mes autres collègues, elle disparaît en me souhaitant bonnes vacances et sans me laisser le temps de dire quoi que ce soit.

Les heures s'écoulent et je n'ai pas l'impression d'avoir avancé. Je ne vois pas la porte de mon bureau s'ouvrir, c'est pourquoi je sursaute violemment quand Thomas me demande :

— Tu comptes rester ici toutes tes vacances ?

— Tu m'as fait une de ces peurs !

Il s'amuse de ma réaction et passe derrière moi, ses mains se posent sur mes épaules et me massent doucement pour me détendre.

— J'ai presque terminé. Je n'ai jamais vu un dossier si mal tenu ! C'est à croire que ce gars n'a jamais donné ses papiers depuis 10 ans !

— Ça arrive souvent avec les nouveaux clients.

Ses mains commencent à s'égarer sur ma poitrine, Thomas en profite pour me glisser quelques baisers dans le cou.

— J'ai presque terminé.

Je bouge mes épaules lui faisant clairement comprendre que ce n'est ni le moment ni le lieu. Il perçoit bien le message, mais ne s'arrête pas pour autant. Je finis par grogner de cesser, il rit tout bas et me demande :

— Quoi ? Ça te trouble tant, que tu crains de te tromper ?

— Non, je n'ai pas envie d'être virée, c'est tout.

— Tout le monde est parti. Personne ne peut nous surprendre.

Après une dernière vérification, je referme le dossier. Je me lève et attrape ma veste. Thomas m'empêche de l'enfiler. Il se plaque contre moi et m'embrasse, laissant librement ses mains me parcourir, comme pour attester qu'il ne manque aucune partie de mon anatomie.

La main sur son torse, je le repousse légèrement et insiste :

— On ne fait rien, ici. C'est peut-être qu'un stage pour toi, mais moi je n'ai pas envie de me faire virer. Je n'ai pas de voie de secours si je perds ce job !

— Tu ne perdras pas ton boulot...

Il continue d'essayer de m'allumer, cette fois, je m'écarte franchement et lui dis :

— Non. T'en as peut-être rien à foutre, moi si. Même si la harpie est partie, monsieur Galard vit ici ! Et je ne tiens pas à ce qu'il me voit le cul à l'air ! Maintenant, je rentre. Soit tu viens, soit tu fais je ne sais quoi. Mais tu ne me sauteras pas dans ce bureau ni ailleurs dans cette baraque !

Il hausse un sourcil, visiblement amusé de ma réaction. Je n'ai pas envie de rester plus que nécessaire et me dirige vers la sortie. Thomas me rattrape en deux enjambées et tente de me rassurer :

— Personne ne te virera, je ne laisserai pas faire une chose pareille !

— Oh, vraiment ? C'est connu que les stagiaires ont voix au chapitre. Ça ne te fait rien que monsieur Galard ou sa femme, ou l'un de ses gosses nous tombent dessus ? Je ne sais même pas si ce type a des enfants ! Bref, c'est trop te demander de calmer tes ardeurs pour quand on sera chez moi ? Tu vois, je ne demande pas à aller chez toi ! Je sais que tu tiens trop à ta petite vie privée.

Imperceptiblement, le visage de Thomas change. Il perd peu à peu son sourire espiègle et me lâche finalement. Je pousse un soupir et ouvre cette fichue porte qui me bloque la sortie.

— Élise...

Je me retourne pour savoir ce qu'il va encore trouver comme excuse bidon. Il semble hésiter et finit par me dire la chose la plus improbable à laquelle j'aurais songé :

— Tu es actuellement chez moi.

Il me faut quelques minutes pour que l'information fasse le tour de mon cerveau, et surtout, qu'elle fasse sens. Je reste pétrifiée devant son air gêné. Je retrouve peu à peu l'usage de la parole.

— Tu... non. Qui es-tu exactement ?

Je ne peux empêcher ma voix de trembler légèrement. Je n'ai pas envie d'entendre sa réponse.

— Je suis Thomas Galard, fils de Loïc Galard. Bientôt associé de mon père du cabinet qui deviendra Galard père et fils.

Ma bouche s'assèche, je rêve de pouvoir m'asseoir, de m'enfuir et de tout oublier. Une larme commence à glisser sur ma joue, je l'essuie rageusement. Je me détourne de Thomas et pars sans rien dire de plus.

Il me rejoint dans le couloir, il a perdu son sourire et ses yeux taquins. Sans animosité, il me demande :

— Qu'est-ce que ça change ?

— Qu'est-ce que ça change !

Ma voix est devenue bien plus aiguë que je ne le souhaite. J'essaye de garder le contrôle. Il ne voit pas ce que ça change, un rire sarcastique s'échappe de mes lèvres avant que je puisse répondre :

— Ça change que je m'envoie en l'air avec le fils du patron ! Avec mon futur patron ! Mes collègues savent qui tu es, putain ! Je passe pour quoi moi ? Pour la petite nouvelle qui se fait une promotion canapé ? C'est pour ça que t'as réclamé à ton père de continuer de financer mes études ? Pour pouvoir me sauter ? Et si je disais non, tu étalais ton droit de cuissage, tu couches ou tu dégages ? Mais putain Thomas ! Tu crois quoi ? Que je suis assez désespérée pour faire le tapin ! Je n'ai jamais rien demandé à personne, je me suis toujours démerdée toute seule et là tu ne vois pas ce que ça change !

Je le vois de plus en plus déstabilisé, il se sent mal et je m'en veux, mais il doit comprendre que ça change tout. Que ce n'est pas possible pour moi de rester dans ces conditions ! Il m'oblige à choisir entre lui et mon boulot.

— Ce n'est pas moi qui ai fait cette demande, c'est ma mère.

Il se mord la lèvre comme s'il venait de révéler quelque chose qu'il n'aurait pas dû.

— Ta mère ? Qui est ta mère ? Ne me dis pas que c'est la harpie de Delaune !

Je me rends compte que je parle de plus en plus fort, en bas la porte d'entrée vient de se refermer.

— C'est Jeanne, Jeanne Petit, ta collègue. Elle a gardé son nom de jeune fille.

Tout tourne autour de moi, il doit voir mon malaise, car il se rapproche. J'ignore s'il tente de me calmer, de me consoler, de me dire que ce n'est pas grave.

— Comment as-tu pu oser me faire ça ?

— Ça ne change rien...

— Non. Ça change tout ! Le jour où tu te lasseras de moi, je devrais chercher un autre taf et puis... Jeanne est ta mère ! Je lui ai dit que... oh, putain...

Je le repousse encore, je dois me remettre les idées au clair. J'ai besoin d'espace, besoin de vide autour de moi. Je dois oublier.

Thomas tente de me rattraper, je m'esquive.

— Élise, attends.

— Fiche-moi la paix !

Je dévale les escaliers ne prenant plus garde à faire du bruit ou pas. Arrivée au rez-de-chaussée, je croise un gars qui ressemble suffisamment à Thomas pour être son frère. Belle image que je dois donner. Je m'en fiche, je me fiche de tous ceux qui peuvent se trouver ici.

— Tout va bien, mademoiselle ?

— Non.

Je passe devant lui sans rien ajouter de plus. La porte s'ouvre et je tombe nez à nez avec Jeanne. Son regard bienveillant me donne encore plus envie de pleurer. Mes larmes ne se font pas prier pour couler de plus belle.

— Élise… Tu veux rester et en parler ?

— Non !

Je sors, il fait frais, je n'ai toujours pas enfilé ma veste, tant pis, dans le meilleur des cas j'attraperai la grippe et en crèverai, ce serait plus simple !

— Je t'avais dit de lui dire, la vérité…

Je referme la porte de ma voiture. J'essaye de me contrôler. Je prends une grande inspiration, je tourne la clef, étonnamment elle démarre du premier coup.

*

Dan essaye de prendre la défense de Thomas. Je refuse d'écouter ses arguments. Je me sers généreusement sur la bouteille de vodka débouchée spécialement pour moi. Un regard torve sur cette dernière m'apprend que j'ai eu une sacrée descente. Depuis quand n'avais-je pas autant bu ? Sûrement depuis le décès de ma mère.

— Tu devrais lui envoyer un message au moins… Il s'inquiète. Il est passé chez toi et ne t'a évidemment pas trouvée.

— Comme c'est dommage.

Je repose maladroitement mon verre sur sa table basse. Je tente d'ouvrir davantage les yeux, comme si ça pouvait me faire dessaouler.

— Laisse-moi lui envoyer un message, au moins pour le rassurer.

— Non. Tu… tu ne couches pas à mon téléphone !

— Non, ma chérie. Je n'ai nullement envie de coucher avec ton téléphone, le toucher me suffit amplement.

Je crois lui lancer un regard méchant, cependant je doute d'y parvenir vu son air. Une nouvelle fois, je lui explique :

— Je suis passée pour la dernière des abruties. Mes co... ollègues, ils le savaient... tous ! Même que... sa mère, sa mère quoi !

— Oui, j'ai compris. Élise, viens te coucher, ça ira mieux demain.

— Non. Je veux pas faire l'amour avec toi.

Dan pousse un long soupir. Il doit regretter de m'avoir ouvert sa porte. Je me penche pour attraper mon verre, mais mon ami me le subtilise avant que je l'atteigne.

— Dan... Mon verre...

— Tu as assez bu ma chérie. Tu es totalement ivre.

— Non, j'ai soif.

Je saisis la bouteille et éclate de rire, je l'ai pris de vitesse.

— Pas mal pour... une... une aclolo... une lacoolo, non une... une nacolo !

— Mouais, c'est presque ça. Donne-moi cette bouteille.

Je bois une grande rasade et m'essuie de façon très digne la bouche du revers de ma main. Je regarde mon décolleté sur lequel une grosse goutte de vodka est tombée. Je réfléchis à comment faire pour la récupérer. Je me souviens que Dan vient de me demander quelque chose. Quoi ? Je l'ignore. Peu importe, il veut prendre parti pour ce traître de Thomas.

— Dis... Si je me lèche le sein pour ne pas gâcher cette grosse goutte de vodka... ça va t'exciter ?

— Vu ton état, non.

Je penche ma tête sur le côté, l'air lascif. Je fais ma petite moue boudeuse, qui fait fondre toute la gent masculine, et prends ma voix la plus sensuelle :

— Tu as toujours envie de coucher avec moi, je le sais !

— Pas avec cette tête, chérie. Tu ressembles à un macchabée qui parle.

— Même pas vrai...

Je me lève, la pièce tangue bizarrement. J'approche le goulot de mes lèvres, mais Dan est plus rapide et attrape la bouteille.

— Putain ! Dan ! Donne !

J'éclate de rire, c'est drôle à dire, je le répète :

— Dan, donne, Dan, donne.

Il secoue la tête. Il n'a vraiment aucun humour, c'est naze.

— Je vais aller voir Seb. Lui, il est drôle quand on boit.

— Tu restes là, tu vas aller dormir et demain si tu y tiens tu iras voir Seb. Pour le moment, tu n'as plus de clefs pour partir !

Mon téléphone sonne encore une nouvelle fois, Dan ne me demande pas l'autorisation pour répondre.

— Non !

Il s'écarte de moi et continue de converser comme si je n'étais rien d'autre qu'un moustique qui zonzonne à son oreille.

— Rends… rends mon téléssonne.

Il me repousse légèrement et poursuit. Je me laisse tomber dans le canapé, surprise, je pousse un cri de douleurs.

— Ton canapé, il a bougé de place !

Les yeux réprobateurs qu'ils me lancent me figent sur place. J'ai rien fait de mal, moi ! Dan s'accroupit devant moi et me parle comme à une enfant :

— Tu veux dormir ici, ou bien tu préfères que Thomas vienne te chercher ?

Sans savoir d'où ça vient, mes larmes se remettent à couler, je me mets à sangloter telle une enfant à qui on aurait cassé le jouet :

— Non ! Je veux… je veux…

Tout tourne autour de moi. Je ne sais comment, je parviens à me lever et à passer dans les toilettes pour vider mon estomac. Le sommeil me tombe dessus sans prévenir, je crains d'avoir encore à vomir. Je jette un coup d'œil, ça semble assez confortable. De toute façon, ici ou ailleurs, il manquera toujours les bras de Thomas qui m'enlacent.

*

Une douce odeur de viennoiserie me chatouille les narines. Je crains d'ouvrir les yeux, je fais un effort, il fait nuit, en tout cas, il ne fait pas encore jour. J'essaye de comprendre où je suis. Ce n'est pas mon lit, bonne nouvelle, je suis dans un lit ! Et surtout, je porte toujours mes vêtements. Je me redresse, doucement.

Un véritable brouillard pèse sur mes souvenirs, je me rappelle vaguement être arrivée chez Dan et d'avoir quémandé un verre…

Mon estomac réclame bruyamment de quoi se remplir. Encore endormie, je me lève et sors de la chambre, je suis surprise de découvrir Thomas en pleine conversation avec Dan autour d'un copieux petit déjeuner.

Je fais mine de ne pas les voir, réaction puérile. Je me serre un café, prends un croissant et mange sans leur prêter la moindre attention. Du coin de l'œil, j'aperçois Thomas hésiter de nombreuses fois à m'adresser la parole, je ne fais rien pour l'encourager. Dan sirote son café, nous observant à tour de rôle. Ok, j'ai gâché la soirée de mon pote. Mais je n'ai rien à me reprocher d'autre !

Je lave ma tasse, passe par la salle de bain et me campe devant Dan :

— Mes clefs et mon téléphone. S'il te plaît.

Il regarde Thomas avant de bouger. Personne n'a prononcé un mot, c'est tout aussi bien. Je sais que mes larmes ne sont pas loin.

— Élise, je n'ai pas essayé de te cacher quoi que ce soit.

Je me contente de hausser les sourcils sans rien dire. J'attends toujours mes affaires, mais Dan ne semble pas pressé que je parte. Ce que les mecs peuvent être agaçants à se la jouer solidaires !

— Vous faites chier !

Je me dirige vers la porte sans prendre garde à leurs protestations. Dan me demande alors :

— Que voulais-tu qu'il fasse ? Ou qu'il dise ? Salut, je suis le fils de ton boss, je t'emmène au resto ?

— 6 mois ! Ça fait 6 mois qu'on est ensemble et rien ! Que suis-je censée faire moi ? Qui a-t-on pris pour une conne tout ce temps ? Tout le monde le savait sauf la petite nouvelle ! Et maintenant ? Déjà que la RH m'a dans le collimateur. J'ai quoi comme choix ? Tu as sagement attendu que je tombe amoureuse de toi, et là, la bouche en cœur, tu me balances « chérie, tu es chez moi » ! Non, c'est trop facile. Tu te rends compte que j'ai dit des trucs à ta mère ! Des trucs du genre, il m'a sauté dessus alors que j'étais en serviette de bain !

Dan éclate de rire, je le dévisage meurtrie par sa réaction, par son manque d'empathie.

— Ce n'est pas drôle !

Je suis en rage et plus je tente de me défendre, plus il rit.

— Si ma belle, franchement c'est drôle.

— Épouse-moi.

Dan cesse de sourire, quant à moi… que suis-je censée répondre ? Oui, parce que je l'aime ? Non parce qu'il m'a caché la vérité pendant des mois ? Cette situation est absurde !

— Ne dis pas d'ânerie.

Je ne veux pas abandonner ma colère, elle est la seule chose qui me protège de la honte que je ressens. J'articule difficilement :

— J'ai besoin d'être seule. Laisse-moi le temps d'encaisser.

Par le plus grand des hasards, Dan me rend à ce moment-là mes affaires.

*

Les heures s'écoulent et mon téléphone clignote toujours pour m'annoncer gaiement que j'ai des messages non lus. Allongée sur mon lit, je revois ce qui s'est passé ? Je ne sais plus où j'en suis. Je l'aime, c'est un fait. Pourtant, c'est impossible que ce soit compatible.

Je déverrouille mon portable et commence par les SMS :

> Je suis désolé. Rappelle-moi.

> Rep stp

> Chérie, on peut en parler, tel

> Mon cœur, sérieux, on s'en fout de qui je suis

> Chérie s'il te plaît, donne-moi de tes news

> Élise, je t'aime, je ne veux pas te perdre, pardonne-moi

> Réponds, je t'en prie

> Élise, t'es où ? Je ne vois pas ta voiture

> Chérie, je suis inquiet, dis-moi que tu vas bien, où es-tu ?

> Mon amour, où es-tu ?

> S'il te plaît, dis-moi que tu vas bien

> Si je n'ai pas de nouvelles, j'appelle les flics

Je soupire, en effet il était inquiet. Autant d'appels en absence. Je m'arrête sur un numéro inconnu qui a laissé un message vocal. Intriguée je l'écoute :

Élise, je suis désolée de ne pas t'avoir dit que Thomas est mon fils. Il voulait te l'annoncer lui-même. Je ne me suis jamais mêlée des affaires de cœur de mes fils. Du coup, je t'ai toujours regardée comme une collègue, avec qui j'aime discuter et rire. Tu es la première jeune femme que Thomas souhaite nous présenter. Oui, ça m'a amusé de savoir qu'il te plaisait, je me sentais flattée comme toute mère l'est quand son enfant plaît. J'ai vu que ça devenait sérieux et plus d'une fois j'ai eu envie de te dire tout, mais Thomas refusait. Il t'aime, comme il n'a jamais aimé aucune autre femme, il voulait te le dire sans que tu aies l'impression d'être coincée. Je comprends très bien ce que tu peux ressentir. Je vis et travaille avec mon mari depuis toujours. Ce n'est pas forcément facile, mais au final, nous sommes bien plus heureux que les couples qui ne se retrouvent que le soir et pendant les vacances. Ne fais rien d'inconsidéré, prends le temps d'en parler avec Thomas, je suis certaine qu'il t'écoutera. Je t'embrasse Élise. J'espère te voir à Noël, tu seras mon plus beau cadeau.

Je souris, Jeanne est vraiment une chouette femme. Je ne sais pas si je suis plus touchée par les SMS de Thomas ou par le message de ma collègue, de sa mère. Je pianote rapidement une réponse à Jeanne, je ne veux pas lui mentir :

Merci pour tes mots, à bientôt. Bises

J'enchaîne avec Thomas, je dois agir en adulte et pas me cacher. Ce qui est fait est fait, on ne peut pas changer le passé.

Je veux bien qu'on parle, dans un endroit neutre

Sa réponse ne se fait pas attendre :

Tout de suite ? Je t'emmène au resto ?

Je regarde l'heure, il est presque 13 h.

D'accord.

Je m'habille rapidement, à vrai dire, je ne soigne pas particulièrement ma toilette. Il me voit toujours en tailleur, bien apprêtée. Il doit savoir que je ne viens pas du même milieu que lui. Il faut qu'il sache que tout ne s'achète pas, moi, la première ! Et surtout, que je n'ai pas les moyens de suivre son train de vie.

Il ne tarde pas à arriver, sans le vouloir j'ai un mouvement de recul. Au moins, il est habillé plus sobrement que d'ordinaire.

— Je suis désolé, je n'aurais pas dû te le dire comme ça.

Je hoche la tête, je ne sais pas exactement ce que j'attends de cette rencontre. Je meurs d'envie de l'embrasser et de tout oublier. Oublier qui il est. Il s'approche doucement pour me déposer un tendre baiser sur mes lèvres.

Il me prend la main et me demande de le suivre.

Thomas s'arrête devant un premier resto, je regarde l'enseigne, hors budget pour moi.

— Je n'ai pas les moyens de me payer ce genre de resto.

— Je ne pensais pas te faire payer ton repas. J'ai le droit de t'inviter sans que ça sous-entende quoi que ce soit ?

Sa question est sincère, pas de méprise, pas de ton condescendant.

— Thomas, tu dois saisir que je ne dispose pas des mêmes ressources que toi.

— Et ?

Je pousse un long soupir, je réfléchis rapidement, je veux lui faire comprendre que c'est un tout :

— As-tu déjà eu une fin de mois difficile ? T'es-tu déjà posé la question, du comment tu allais payer tes charges en plus de ta nourriture ?

— Quel est le rapport avec le fait que je t'invite au resto ?

— Tu me payes un resto qui va coûter presque l'entièreté de mon loyer. Si je perds mon boulot, je n'aurais pas le choix et devrai vivre dans ma voiture.

— C'est pour ça que tu as eu peur ?

— C'est pour ça que j'ai peur. J'ai trouvé un CDI, le patron après ma période d'essai m'offre la possibilité de continuer mes études. Pourquoi ? Je l'ignore, je me suis peut-être imaginée qu'on a vu que j'avais du potentiel, le boss avait peut-être une BA à faire. Je ne me suis pas plus posée de questions que ça. Coup de chance, un beau gosse fait son stage là où je travaille. Il me plaît, je lui plais. Seul hic au tableau : c'est le fils du boss. Jusqu'à présent, on ne me demandait que de bien faire mon boulot et de réussir mes études. Mais le fils du boss entre en jeu. Ce même beau gosse va devenir associé. Ok, la variable change. La RH ne peut pas m'encadrer, j'ignore pourquoi. Et si par malheur je fais un faux pas avec monsieur le futur boss, il se passe quoi ? Voilà ce qui change, voilà ce qui me fait peur.

— Me crois-tu assez salaud pour, dans le cas hypothétique où on se sépare, j'envisagerais de te virer ? C'est vraiment l'image que tu as de moi ?

Il y a de la peine dans ses yeux, je n'aime pas le voir ainsi. Je ne souhaite pas le faire souffrir.

— Quelle image puis-je avoir de toi ? Hier matin encore, je te prenais pour un étudiant, certes aisé, mais qui n'avait pas le droit de vie ou de mort sur moi. Quand je te posais des questions sur toi, tu déviais toujours la conversation, tu trouvais toujours une parade. En 6 mois, je n'ai presque rien appris.

— Jamais je ne jouerai la carte du boss dans notre relation, tu peux en être certaine.

— Alors, pourquoi avoir attendu ? Pourquoi me le dire sous prétexte que tu voulais me sauter sur mon lieu de travail ?

— Je t'aime Élise, j'avais envie de toi, je voulais que tu te sentes en sécurité. Ça ne s'est pas passé exactement comme prévu.

Je ne peux m'empêcher de sourire, je plonge mes yeux dans les siens et acquiesce :

— En effet.

— Allons manger, oublie le temps d'un repas la journée d'hier, et laisse-moi t'inviter sans arrière-pensée. Aucune. Je te le promets.

— Ok, soufflé-je.

Le déjeuner se déroule sans heurt, il ne fait aucune allusion à ce qui s'est passé la veille. Une petite nuance est tout de même présente, il ne dévie pas mes questions. Son regard n'est plus aussi serein qu'il l'était hier. Je n'ai pas le cœur à le laisser dans ce doute, même si ce n'est pas tout à fait comparable. J'ai trop longtemps vécu dans la peur du lendemain, dans la peur de perdre le peu que je possède. Encore aujourd'hui, j'ai peur de perdre le peu que j'ai, mon travail, cependant, je crains encore plus de le perdre lui.

Le serveur nous apporte les desserts, je n'ai vraiment pas l'habitude de ce genre de resto, je regrette presque de m'être habillée si simplement. J'attends qu'il reparte pour déclarer :

— Je veux qu'au boulot, soit au deuxième étage, on reste juste collègue. Je ne veux pas qu'on croie que je puisse obtenir des avantages ou que sais-je d'autre de ta part sous prétexte qu'on est ensemble. Et par-dessus tout, je ne veux plus de cachotteries.

Au fur et à mesure que je donne mes conditions, il hoche la tête, son regard change imperceptiblement, plus sûr de lui, moins anxieux.

— D'accord. Donc, de ton côté tu es d'accord pour passer Noël avec ma famille que je puisse te les présenter, de façon officielle ? J'en serai vraiment heureux, ma mère également, sans compter qu'elle se fait un sang d'encre depuis hier soir. Elle craint d'avoir tout gâché entre nous.

Je souris émue de l'attention que Jeanne me porte.

— Pourquoi, lui avoir refusé le droit de me parler ?

— Je tenais à le faire moi-même. J'avais imaginé mille scénarii. Au début, je ne voulais pas te faire fuir ni à l'inverse éveiller une sorte de convoitise. Et puis, je dois l'avouer, je n'ai pas pensé tout ce que toi tu as considéré comme problèmes éventuels. Je ne vois, je ne voyais, se reprend-il. Je ne voyais donc qu'une chose, je t'aime. Je ne pensais pas pouvoir être aussi dingue d'une fille.

Il sourit, son merveilleux sourire qui me fait fondre.

*

Les jours passent, Noël approche, je stresse un peu, je dois l'admettre, bon en fait énormément ! On reprend doucement nos habitudes avec Thomas. Je mise beaucoup sur le réveillon. Je crois qu'il en est conscient. Il me répète sans fin que tout ira bien que ses parents sont cools, surtout que je connais sa mère et que je m'entends bien avec elle.

Je mets un temps infini pour choisir ma tenue, ça doit faire classe et festif à la fois. Je me décide pour une petite robe noire pailletée. Je tourne sur moi-même et interroge Thomas qui n'a cessé de me regarder tester mes différentes tenues. En soi, ça n'a pas été long.

— Alors ? Oui ? Non ?

Il se lève et m'enlace, il me glisse des baisers dans le cou avant de murmurer :

— Je te préfère nue...

Déjà, ses mains commencent à s'insinuer en dessous de mon vêtement. Je glousse avant de me dandiner pour m'écarter :

— On va être en retard.

Son air de concupiscence ne me trompe pas. Il continue de me dévorer des yeux et grogne :

— Et tu espères que je me tienne sagement à tes côtés sans rien faire ?

— Calme tes ardeurs Don Juan !

Il m'attire brusquement contre lui et me fait basculer sur le lit. Il n'écoute pas mes objections, sa bouche me bâillonne

48

alors que sa main se fraye un passage entre ma robe et ma culotte.

Thomas ne tarde pas à m'envahir de ses doigts. Spontanément, je me cambre contre lui en poussant un petit gémissement de contentement.

Sans comprendre pourquoi il arrête, il me regarde un sourire mi-figue mi-raisin aux lèvres :

— On va être en retard.

— Tu m'allumes et me laisses en plan !

Je n'y crois pas ! Il ose me faire ça ! Thomas hausse un sourcil, franchement amusé, il rétorque :

— Tu vois ce que ça fait !

Il éclate de rire et me rejoint sur mon lit qui ne ressemble plus à rien. Il recommence ses caresses et ses baisers, je me consume sous lui.

— On va essayer de ne pas froisser ta robe.

Tout en parlant, il me retourne sur le ventre et m'attrape par les hanches. J'ai l'impression d'être ridicule, le cul tendu en arrière en attendant de le sentir. J'entends la déchirure de l'emballage du préservatif, moins d'une minute après, Thomas fait rouler ma culotte sur mes cuisses et présente son sexe à l'entrée de mon vagin déjà bien humide.

Il me pénètre de toute sa longueur, un gémissement de satisfaction s'échappe de mes lèvres. Ses mains se posent sur ma taille, elles me tiennent fermement, il finit de me pénétrer entièrement.

Ses coups sont forts, réguliers, puissants. Il va trop loin, je le sens buter contre mon utérus. Je m'écarte légèrement. Je suis partagée entre volupté intense et douleur.

Thomas a certainement perçu ma gêne, il y va plus calmement, sa main dérive jusqu'à mon clitoris et le caresse tout en douceur. Une vague de chaleur s'installe en moi. Je grogne de plaisir, j'en désire plus, mes hanches viennent à sa rencontre.

Il est surpris, je le sens dans ses mouvements. Très vite, il reprend le contrôle de la situation s'accordant à mon déhanchement plus brusque, peu importe la petite douleur de l'utérus, il s'en remettra. Je le veux entièrement, ce ne sont plus des gémissements que je pousse, mais bien des petits cris.

Il lâche mon clito, se presse sur mes hanches, impossible pour moi d'échapper à son déferlement de coups de reins. Je cache mon visage dans le coussin et laisse ma jouissance éclater sans aucune pudeur, sans aucune honte.

Thomas s'arc-boute contre mes fesses, il pousse un long râle de plaisir. Il se laisse retomber à côté de moi. Je me tourne pour lui faire face, un petit sourire penaud sur les lèvres.

C'est étrange d'entrer dans le manoir, non pas pour y travailler, mais pour passer Noël. Thomas me tient la main pour me rassurer, il m'entraîne à sa suite vers des portes que je n'ai jamais franchies.

Jeanne nous accueille avec un grand sourire, elle m'embrasse et s'excuse une nouvelle fois de ne pas m'avoir dit qui elle était par rapport à Thomas.

On passe rapidement à autre chose, son père n'est pas du tout comme je l'imaginais, c'est un bon vivant, loin de l'image du chef de cabinet que je me faisais.

*

Les mois et les années passent sans que je m'en rende compte. J'ai obtenu mon DSCG sans grande difficulté. Entre temps, Loïc Galard a nommé son fils associé et ensemble, ils ont ouvert un second bureau de l'autre côté de la ville.

Notre chère RH y a pris ses fonctions, avec six de nos collègues que je ne voyais jamais. Je devrai recevoir dans les jours qui arrivent mon attestation suite au dépôt de mon mémoire.

Je monte les escaliers, mes talons claquent toujours sur le carrelage. Arrivée au palier, Thomas m'y attend l'air un peu nerveux.

— Que se passe-t-il ?

— Rien de particulier, viens.

Il m'attrape la main et m'entraîne vers l'ancien bureau de Cécile Delaune. L'endroit même où l'on s'est rencontré la première fois. Les yeux brillants, il me demande :

— Veux-tu m'épouser ?

Je suis surprise, non pas de sa demande, ça fait des mois qu'on en parle, mais pourquoi aujourd'hui ?

Il se pousse de la porte et je vois mon nom d'inscrit.

— Mademoiselle Simons, vous êtes officiellement expert-comptable et votre CDI ne sera jamais remis en doute par qui que ce soit dans ces locaux ou ailleurs.

Je ris, oui ma peur s'est envolée depuis longtemps. Il attend que je réponde quelque chose, je ne le fais pas languir davantage et murmure un oui avant de l'embrasser.

Il me pousse à l'intérieur de ce qui est dorénavant mon bureau. Il referme la porte derrière lui. Son regard ne me trompe pas, il s'avance vers moi, tel un prédateur sur sa proie.

— Tu ne vois donc pas d'inconvénient, à ce que je te fasse, l'amour, ici tout de suite ?

Pour toute réponse, mes lèvres happent les siennes alors que ma main part à la rencontre de sa virilité.

Le remplaçant

Il n'y a pas à dire, les vacances de Noël sont tout, sauf reposantes ! Je regarde mes élèves courir dans la cour qu'ils en profitent, pour le moment, il ne pleut pas. J'en profite également, une centaine d'enfants sous le préau, rien de pire pour les oreilles et les nerfs, même après deux semaines de calme bien méritées !

Je retrouve ma collègue, la cloche va bientôt sonner, c'est reparti, toute bonne chose a une fin.

— Linda, tu as vu Carole ?

— Non. Elle devrait déjà être arrivée, ça ne lui ressemble pas d'être en retard.

Elizabeth, la directrice nous rejoint, la mine grave, je me doute de ce qu'elle va nous annoncer.

— Linda, tu peux prendre une partie des CM1, je m'occuperai de la seconde. Carole ne reviendra pas avant un bon bout de temps.

— Elle a eu un accident ? interroge Cathy, notre collègue du CP.

— Elle m'a dit que je pouvais vous en parler. Pendant les vacances, elle a eu un rendez-vous médical, elle m'en avait glissé un mot, mais... Il s'avère qu'elle est atteinte d'un cancer.

Bonne année et bonne santé ! Je lui ai envoyé ce message il y a trois jours. Et elle m'a répondu *merci, à toi aussi ma belle*. Je dois blanchir, car Élisabeth me demande :

— Ça va aller, Linda ? Je sais que toutes les deux vous êtes proches. Je pensais qu'elle t'en avait touché deux mots.

— Rien, elle ne m'a rien dit.

— Ça va aller ? Tu vas tenir le coup.

Je sais très bien ce à quoi elle pense, j'ai perdu mon père, il y a deux ans. J'ai eu du mal à m'en remettre. Je suis certaine que Carole ne m'a rien dit à cause de ça.

— Allons-y ! Il faut faire rentrer ces petits monstres, avant qu'ils ne gèlent !

— Tu ne m'as pas répondu. Linda, dis-moi si ça va aller. Là, je vais téléphoner au rectorat pour avoir un remplaçant. Si je dois en demander deux, je veux le savoir assez tôt.

Je la regarde dans les yeux :

— Ça ira. Je te le promets.

Bon, heureusement que je n'ai pas dit que j'avais rompu pendant les vacances, sinon, je crois qu'elle me mettait d'office en arrêt de travail. Plus médecin qu'un médecin. Sacrée Élisabeth, elle a de bons côtés, mais parfois...

La cloche me fait revenir à la réalité. Mes élèves vont dans leur rang, j'observe les CM1, je les avais l'année précédente. Ils ont grandi, je leur souris, j'espère un jour avoir la chance d'en avoir à moi.

— Les CM1, première partie du rang jusqu'à Sophie vous venez avec moi. Les autres, vous suivez Linda.

Des murmures se font entendre, certains sont contents, d'autres ne comprennent pas. C'est marrant de voir comment ils évoluent vite. Surtout à cet âge certains sont déjà mûrs alors que d'autres sont encore bébés.

Pause de midi, enfin, avoir 34 élèves au lieu de 21 ça change ! J'envoie un rapide SMS à Carole. Sa réponse ne tarde pas, elle me promet de me téléphoner le soir même.

Je reprends la surveillance de la cour, ma tasse de café me sert de chaufferette pour les mains. Élisabeth me rejoint et m'annonce fièrement :

— Nous aurons une remplaçante dès lundi. Je vais mettre un mot dans les cahiers pour que les élèves restent un maximum chez eux.

— Les parents vont râler.

— Les parents râlent toujours.

On éclate de rire. Après tout, on n'y peut rien, et eux non plus.

— Et la remplaçante sera là pour longtemps ? Ou bien ça va encore marcher à coup de trois jours par-ci, trois jours par-là ?

— En théorie, elle devrait rester jusqu'à la fin de l'année. Une certaine Eneko Cantala.

— Eneko ? Ce n'est pas courant. C'est quoi ? Japonais ?

— Possible.

Une fois chez moi, je n'attends pas pour téléphoner à Carole. Sa voix est rassurante, mais les nouvelles ne sont pas bonnes. Le peu qu'elle me dit me renvoie aux divers examens médicaux de mon propre père.

Je prends en note ce qu'elle a fait avec ses élèves et ce qu'elle comptait faire en ce début d'année. Je leur prépare quelques activités en attendant la remplaçante, puis je profite enfin de ma soirée pour me reposer.

*

Les enfants sont infernaux, c'est l'effet de la neige. Le pire étant qu'ils ne peuvent même pas en profiter, rien ne tient ici. Ma tasse de café me réchauffe, Cathy me pousse du coude et demande :

— Tu crois que c'est la remplaçante ?

J'observe la personne arriver, emmitouflé dans un gros anorak, un bonnet et une écharpe.

— J'en doute, c'est un mec, et frileux qui plus est !

On éclate de rire, et des petits nuages de fumée s'échappent. Il fait vraiment froid ! Les enfants ne semblent pas en souffrir, à croire qu'ils n'ont pas de terminaisons nerveuses.

L'homme marche droit vers nous. Il arrive à notre auteur au même instant qu'Élisabeth sort de son bureau. Il avance sa main vers moi et se présente :

— Je suis Eneko Cantala. Je viens pour le remplacement.

Élisabeth s'interpose et explique :

— Oui, nous vous attendions, Élisabeth Burns. Je suis la directrice.

Je lui fais un petit sourire d'excuse, j'écoute sérieusement ce qu'il dit, son accent est étrange. Élisabeth lui explique rapidement le fonctionnement de notre école, je ne suis pas dupe, elle s'installe bien en tant que chef. Je ne dis rien, observant vaguement les enfants jouer.

Mon attention est attirée de nouveau par le remplaçant qui éclate de rire. Il répond :

— Je n'ai pas l'habitude de ce genre de climat, je suis originaire de Bayonne.

La cloche retentit et les élèves se mettent en rang, enfin, ils s'agglutinent plus ou moins dans leur rangée assignée. Élisabeth se fait un devoir d'escorter le nouveau jusqu'à sa salle de classe. Je ne peux m'empêcher de la comparer à une poule qui fait sa belle. J'ai envie de le dire à Carole, mais elle n'est pas là. Mon sourire disparaît et je prends mes élèves en charge.

À plusieurs reprises, Eneko tente de me parler, systématiquement, Élisabeth s'impose et le monopolise. Je ne m'en fais pas, c'est sur le coup de la nouveauté, bientôt elle se lassera et le laissera parler avec qui il veut.

Je retrouve Cathy, elle non plus n'a pas réussi à parler avec lui. Avec un sourire de connivence, elle me demande :

— Alors, tu crois qu'il est comment sous ses diverses couches ?

— Je ne sais pas une tête, deux bras, deux jambes. Il a des yeux noisette, c'est tout ce que j'ai pu discerner.

— On verra bien ce midi. Je suppose qu'il doit être jeune.

— Il peut être en reconversion, ça ne veut rien dire.

Sans y songer, je commence à imaginer ce que cachent ses vêtements. Une certaine fébrilité m'envahit, j'ai hâte de voir ce à quoi il ressemble.

La matinée semble interminable. Je me surprends à être aussi pressée que mes élèves d'entendre la sonnerie. Quand elle retentit, je me retiens de sortir en courant. J'observe mes petits jeunes filer droit au self. À pas modérés, je les suis. Par habitude, je prends mon plateau repas et m'installe, Élisabeth arrive presque aussitôt et s'assied à côté de moi.

Eneko arrive enfin. Même pour aller de sa classe à la cantine il a revêtu toutes ses couches, ça m'amuse. Je cache mon amusement en buvant. Il commence par ôter son bonnet, puis son écharpe, enfin son anorak vient se poser sur la chaise.

Je ne le lâche pas des yeux, à côté de moi, j'aperçois Élisabeth qui le dévore du regard. Il y a de quoi. Ce mec est une statue grecque ! Le teint mat, les yeux noisette et sans chercher à en découvrir plus, on voit nettement des muscles bien dessinés sous son pull. Mes yeux descendent plus bas, quand j'entends Cathy :

— Bon appétit.

Ma raison revient d'un coup, depuis combien de temps je détaille Eneko ? Le petit sourire qu'il affiche veut tout dire, ok, il a remarqué qu'il nous fait de l'effet. Cathy a clairement envie de rire, elle ne dit pas non pour regarder, mais bientôt en retraite, les petits jeunes ne lui font plus ni chaud ni froid.

Je me remets de mes idées qui sont loin d'être chastes. Un coup d'œil à ma voisine m'apprend qu'elle ne s'en est pas encore remise. Je la regarde plus intensément, elle en devient impolie. Le raclement de la chaise d'Eneko la rappelle à l'ordre.

Les efforts déployés pour attirer l'attention du remplaçant par Élisabeth deviennent pathétiques, je crois bien que lui-même en a assez. Cathy et moi parlons comme si de rien n'était. Cependant, j'écoute d'une oreille la conversation de cette chère directrice. Ainsi il a 30 ans donc tout juste deux ans de plus que moi, et comme je l'avais suggéré, il est bien en reconversion.

— J'étais prof d'Histoire et accessoirement de sport également, dans un tout petit collège au Pays basque.

— Oh ! Vraiment ? Mais c'est formidable ! Et que venez-vous faire dans notre belle Normandie ? C'est loin du Pays basque !

Si elle continue de papilloter des yeux, elle va finir par s'envoler. Je manque de m'étouffer en écoutant Cathy demander soudainement :

— Élisabeth, tout va bien ? Tu es écarlate, ça a commencé comme ça pour moi la ménopause.

Je plonge sur mon verre l'air de rien et bois jusqu'à ce que je cesse de sentir mes lèvres s'étirer. Il m'est impossible de croiser le regard de ma collègue et j'observe fixement ce que je mange en tentant de ne plus rien penser ni entendre, mon oreille est attirée par la voix outrée de la directrice :

— Je ne suis pas encore si vieille !

— Non, tu n'es pas vieille, mais je devais avoir ton âge quand ça a commencé, des sueurs, des sautes d'humeur. On a 10 ans d'écart, n'est-ce pas ?

— Oui, il me semble. Alors Eneko, qu'êtes-vous venu faire dans les parages ?

Ce qui est certain c'est qu'il ne cache pas son amusement, et c'est de son délicieux accent qu'il répond enfin :

— J'ai voulu changer de décor. Je n'ai juste pas pensé qu'il puisse faire aussi froid ici.

— Pourquoi revenir en primaire ? Le collège ne correspondait pas à tes attentes ? On peut se tutoyer au fait ? On est presque du même âge.

Je lui lance un grand sourire auquel il répond spontanément.

— Avec plaisir, c'est plus sympa ! Les ados sont trop, indisciplinés. Il y a eu un accident avec l'un de mes élèves. Je ne veux pas revivre ça.

Un accident ? Ma curiosité veut tout savoir, mais ma raison m'intime l'ordre de me taire. Je ne suis pas la seule à avoir relevé ce détail. Les yeux d'Élisabeth sont déjà fiévreux d'en savoir plus et pourquoi pas de s'en servir. Elle peut être parfois pénible à se mêler de tout.

Les jours commencent tout doucement à se rallonger, il est temps ! Pourtant quand j'arrive à ma voiture, il fait déjà nuit.

— Linda ?

Je sursaute et pousse un cri de surprise.

— Mon Dieu ! Il faut te mettre une clochette autour du cou !

Je me tourne et discerne mal le visage emmitouflé d'Eneko.

— Comme une vache ?

— Je pensais plus comme un chat, libre à toi de te prendre pour un bœuf !

— Un taureau me conviendrait davantage. Mais je ne suis pas venu pour parler de bovidés.

— Ç'a été cette première journée ?

— Oui, les enfants sont chouettes. Je voulais te demander, si ça ne te dérange pas de me déposer chez moi. Je n'ai qu'une moto, je n'avais pas prévu un climat si frais !

— Bien sûr, vas-y monte.

— Merci beaucoup.

— Où loges-tu ?

— Rue Voltaire.

— Parfait. Ce n'est pas loin de chez moi.

Ma petite Seat démarre au quart de tour, je me concentre sur la route, la neige recommence à tomber et je déteste ça.

— Je peux te poser une question ?

Les yeux fixés sur la route, je réponds par l'affirmatif.

— La directrice, elle est toujours aussi... comment dire ? Entreprenante ?

Je souris, je fais attention aux mots choisis avant de lui répondre :

— Élisabeth n'est pas méchante, elle aime montrer que c'est elle la chef. Je ne me souviens pas d'avoir eu de collègue homme dans cette école.

— Tu travailles avec elle depuis longtemps ?

— Depuis ma titularisation. Une fois que l'on connaît ses défauts, on sait comment la prendre.

— Comment la prendre ?

J'entends son sous-entendu et j'éclate de rire. Il continue :

— Désolé, c'est une mauvaise manie que j'ai, j'essaye de me soigner.

— Il ne faut pas ! Les gens manquent cruellement d'humour, je trouve.

Après un virage, je lui désigne ma petite maison, je continue de rouler. Deux rues plus loin, il m'indique une vieille maison à colombage :

— C'est là.

— Chouette maison.

— C'est la maison de vacances d'un ami, il me la prête en attendant que je trouve un appart. Je t'invite à prendre un verre ? Pour te remercier, ajoute-t-il.

— Ok.

Je me gare et le suis dans la maison, première sensation, choc thermique ! Il doit faire 30°, et en prime, je manque de me casser la figure.

— Ah oui, fais gaffe, ma chérie dort dans la maison. Je ne pouvais pas la laisser dans ce pays de glace.

Je regarde « sa chérie », une moto, bleu. Fin de ce que je connais dans ces engins à deux roues.

— Elle a l'air cool.

Il remarque mon air sceptique, de toute évidence on s'y connaît ou pas. Je ne peux pas feindre de m'y connaître alors, pourquoi mentir ?

— Elle peut, je n'ai pas terminé de la payer.

— Ah.

— Tu veux quoi ? Tequila ? Vodka ? Rhum ? Whisky ?

— Un café sera très bien.

Je jette un dernier coup d'œil à son bolide avant de lui emboîter le pas. On s'installe dans la cuisine et on parle boulot, normal. Il est sympa et son accent est très craquant. J'essaye de ne pas succomber, il ne m'en faudrait pas beaucoup pour dire oui à tout ce qu'il me proposerait.

En partant, je prends garde à ne pas bousculer l'amour de sa vie.

— Tu veux l'essayer ?

Sa question me surprend, surtout que si j'ai bien compris ce n'est pas donné !

— Je n'ai pas le permis moto.

Il éclate de rire et me regarde franchement amusé :

— Seule la femme de ma vie aura le droit de la conduire et encore… Hors de question qu'elle roule sous cette neige. Non, je te proposais juste de monter dessus.

Je ne sais pas pourquoi, mais je me sens un peu vexée. Je secoue la tête négativement et réponds :

— Une prochaine fois peut-être.

— Tu ne sais pas ce que tu perds !

Tout en parlant, il caresse tendrement l'assise de sa moto. Je souris à pleine dent et secoue la tête une nouvelle fois.

*

Eneko s'intègre bien à l'école, les enfants l'adorent et moi je fantasme de plus en plus sur lui. Le froid est toujours présent, mais plus sec, quant à Élisabeth je crois qu'elle a finalement compris qu'elle était trop vieille pour lui ! Du coup, elle passe ses nerfs sur Cathy et moi. Un mois de plus et ses hormones devraient se calmer. Je me tourne vers mes élèves et demande faussement joyeuse :

— Que diriez-vous de voir où en sont les tables de multiplication ?

Leur tête est loin d'être réjouie, tant pis, il faut bien les affronter.

— Allez, on commence avec… Lucie ! Tu prends ton…

Deux coups sur la porte m'interrompent, Élisabeth entre et me demande de sortir un instant.

— Ton petit ami exige de te voir, il attend dans mon bureau.

— Mon petit ami ? Qui ? Stéphan ?

— Pourquoi, tu en as plusieurs ?

— Non. On a rompu pendant les vacances et…

— Peu importe, il est là, et si tu veux mon avis, sa copine Vodka l'accompagne. Débrouille-toi et fais en sorte que ça ne se reproduise pas ! Je vais surveiller tes élèves. Cathy fait des va-et-vient entre ma classe et la sienne, donc, tâche de faire vite !

J'inspire profondément avant de pousser la porte, l'assaut ne se fait pas attendre :

— Linda, je te le promets, j'ai changé ! Écoute, je suis dingue de toi, laisse-moi revenir. Tu sais que ce n'est qu'une mauvaise phase. Je t'aime, je ferai tout ce que tu veux. Tu sais le bracelet de ta mère, je l'ai récupéré, regarde. Je vais récupérer le reste aussi.

Il enchaîne les phrases, les mots tombent, il dépose le bracelet de ma mère sur le bureau. Je n'y prête pas la moindre attention. Il n'est pas bourré, il est défoncé.

— Ethan… Non. Tu n'as pas le droit de m'approcher. Je suis en droit de téléphoner à la police, pour…

— Non ! Ils n'ont rien le droit de me faire ! Ils ne peuvent pas nous séparer !

— Ethan… S'il te plaît, je suis au travail. Tu dois te faire soigner.

— Je suis clean ! Regarde, j'ai repris le bracelet de ta mère !

Sa voix monte, je commence à paniquer, je ne veux pas que les élèves l'entendent. J'ignore comment le calmer. Je n'y suis jamais parvenue.

— Écoute, rentre chez toi, dors un peu et téléphone-moi ce soir, ok ?

— NON !

La cloche sonne, maudite sonnerie, jamais quand il faut !

— C'est quoi ça ? Tu as appelé les flics ? C'est ça ?

— Non, c'est la récréation… Tu es dans une école primaire, Ethan. Je ne veux pas que les élèves te voient.

— Tu as honte de moi ?

— Ethan, je suis au travail, rentre chez toi, s'il te plaît.

Il donne un coup de poing dans le mur en hurlant non, je tressaille. Je ne dois pas montrer que j'ai peur, je cherche mon portable, mais je me rends compte qu'il est resté dans ma classe.

— Ethan, s'il te plaît, arrête.

— Tu es à moi ! Personne n'a le droit de…

J'ai l'impression que tout se fige autour de moi, il s'approche à grands pas, je ferme les yeux, je ne veux pas le voir, je ne veux pas qu'il recommence à me frapper. Je me ramasse sur moi-même. Par réflexe, je me protège de ses coups. Rien.

— T'es qui toi ? Tu te fais ma meuf ? C'est ça ? Linda ! Tu me trompes avec ce connard ! C'est bon ! Je me tire !

La porte claque, je recommence alors à respirer. Eneko se penche vers moi, il pose une main amicale sur mon épaule et me demande :

— Linda ? Ça va aller ?

Je me redresse, tremblante de la tête au pied, j'essaye de dire oui, mais aucun mot ne sort de ma bouche. Il me prend dans ses bras pour me calmer. Lentement, je reprends mes esprits, je me calme.

— Tu veux en parler ?

— Pas maintenant. Je dois surveiller la c...

— Je comprends pourquoi ton mec était furax ! Vous couchez ensemble depuis longtemps ?

— Élisabeth, non, on ne couche pas ensemble !

Elle repart en produisant un petit claquement de langue. Il ne faut pas qu'elle me dise encore un mot de travers, sans quoi je vais finir par craquer.

Sur le parking, Eneko me demande si je veux passer chez lui pour parler. Je refuse, j'ai besoin de me retrouver seule et d'appeler la seule amie qui connaisse toute l'histoire.

Avant même de fermer ma voiture, je lance l'appel à Carole. Je ne tarde pas longtemps avant de l'avoir. J'hésite à me plaindre, ce qu'elle vit n'est pas plus facile. Pourtant, elle entend à ma voix que ça ne va pas. Je finis par lui lâcher le morceau.

— *Tu dois prévenir les flics, ma belle.*

— Je sais, mais...

— *Non, pas de mais, tu les appelles tout de suite, et tu m'envoies un SMS pour me dire que c'est fait. Et si tu mens, je le saurais !*

— Dis-moi comment tu vas, d'abord.

— *Ça va. Le traitement semble faire effet. Par contre, mes cheveux commencent à tomber par poignée. Je vais sûrement me raser la tête.*

— Je suis tellement désolée ! Et moi, je viens me plaindre de mes petits problèmes.

— *Hey, les problèmes petits, ou gros, de santé ou autres, restent des problèmes. Tu as le droit de t'en plaindre, ok ? Allez, appelle les flics maintenant. Tu dois leur signaler, c'est important.*

Je me prépare un café tout en contactant la police. Le gars au téléphone est sympa, il enregistre ce que je dis et me promet que des agents vont passer voir Stéphan. Je n'oublie pas d'envoyer un SMS à Carole. J'en profite pour en envoyer un également à Eneko. Je lui avais promis de le faire.

J'entre doucement dans mon bain. La chaleur de l'eau me réconforte. Je m'allonge entièrement, c'est agréable. Mon téléphone me sort de cette torpeur. Je réponds par automatisme :

— *Je venais aux nouvelles, savoir si ça allait.*

— C'est gentil, merci Eneko. Si tu veux tout savoir, je suis dans mon bain et ça va beaucoup mieux.

— *Oh, tu es dans ton bain… Intéressant. Tu as besoin d'aide, pour te frotter le dos ?*

— Tu ne perds pas le nord !

— *Moi ? Jamais ! Je suis né avec une boussole intégrée !*

— Garde ton aiguille de rangée !

— *Une aiguille ? Tu me vexes ! Allez, je te laisse te reposer et si tu as besoin de quoi que ce soit, je ne suis pas loin.*

— Merci. À demain.

— *Ah ? On se voit demain ? Ça me va, depuis le temps que j'espère te voir grimper sur ma moto !*

Je souris, s'il savait sur quoi j'ai réellement envie de grimper… La tension de la journée retombe, c'est en grande partie grâce à lui.

— Je ne te promets rien.

— *Ok, on verra plus tard, passe un bon week-end.*

Je raccroche le sourire aux lèvres. Je repose mon téléphone et profite à fond de mon bain. Je ferme les yeux et repense à la sensation des bras d'Eneko autour de moi. Je m'assoupis certainement un bon bout de temps, car quand je me réveille j'ai froid. Mes doigts sont tout fripés et évidemment, je suis endolorie.

Je sors et m'enroule dans une serviette. Je récupère mon téléphone et tente de le déverrouiller, vu mes doigts mouillés, c'est un vrai calvaire. Je me fige, un bruit étrange me parvient d'en bas. J'arrête de bouger, de respirer, mon cœur cogne trop fort et m'empêche de me focaliser sur ce que j'ai cru entendre. Ça recommence, quelqu'un est dans ma maison. Sans faire de bruit, je traverse le couloir et m'enferme à clef dans ma chambre. Je prends mon téléphone qui refuse de se déverrouiller.

Je tremble, j'ai peur, j'essaye de m'essuyer les mains sur la serviette et retente de faire glisser l'écran de veille. L'intrus monte les escaliers et vient frapper durement contre ma porte, je n'ai pas de doute, je suis certaine que c'est Stéphan.

— Linda, ouvre-moi chérie !

— Dégage ! Je suis en train de téléphoner aux flics.

Il tambourine à ma porte, je ne parviens pas à accéder aux appels. Les coups sont plus violents, sa colère me fait peur, je me revois trois mois plus tôt juste avant Noël. J'arrive enfin sur le journal d'appel, j'appuie sur le rond vert.

— Linda ouvre cette putain de porte !

— Non… Laisse-moi tranquille. Les flics vont arriver.

Je recule jusqu'au bout de la chambre, la porte bouge de plus en plus. Je suis à bout de nerfs, je ne sais pas quoi faire, je n'ai rien pour me protéger.

— *Allô ?*

Surprise d'entendre la voix, je lâche mon téléphone, j'ignore qui j'ai appelé, sûrement le dernier numéro fait, donc ce doit être la police.

— J'ai besoin d'aide !

Ce sont les seuls mots que j'arrive à prononcer. La porte s'ouvre et je hurle de frayeur.

— Stéphan, je t'en supplie, laisse-moi !

— Arrête de geindre !

— Sors de chez moi !

Il s'approche de moi, instinctivement je me recroqueville. Je vois mon téléphone qui a glissé sous le lit. Il est trop loin pour que je puisse l'attraper.

— On peut parler si tu veux...

J'essaye de maîtriser ma voix, je suis certaine que les flics vont arriver, il faut qu'ils arrivent, je dois juste gagner du temps.

— Tu me manques Linda, on est fait pour être ensemble.

— Tu.. tu veux un truc à boire. Je peux aller te faire un café si tu veux...

— Non, tu ne bouges pas.

Je n'ai aucun effort à fournir pour obéir, je suis paralysée par la peur, la tête baissée, je ne vois que ses pieds. Il tourne en rond devant moi. Les minutes s'écoulent aussi lentement que s'il s'agissait des heures. Il continue de m'invectiver, il crie, je ne comprends pas la moitié de ce qu'il dit.

J'ignore pourquoi il se rapproche de moi à toute vitesse, il m'attrape par les cheveux pour me relever le visage. Je vois flou, les larmes roulent sans que je puisse les retenir.

— Arrête de pleurer !

— Lâche-la.

C'est la voix d'Eneko, grave et menaçante. Un long frisson me parcourt.

— Tu couches bien avec ce type, salope ! Ce qui se passe ici ne te regarde pas, c'est ma meuf !

Eneko n'attend pas plus longtemps pour se jeter sur mon ex. les coups fusent de toutes parts, très vite c'est lui qui prend le dessus.

En bas, j'entends d'autres personnes arriver. Je ne comprends pas de qui il s'agit jusqu'à ce qu'ils arrivent dans ma chambre. Eneko lève aussitôt les mains. Stéphan en profite pour le frapper au visage, sa réaction est immédiate et son poing s'abat lourdement sur mon ex toujours couché à terre. Les flics interviennent pour les séparer.

Une femme en uniforme s'approche de moi et me demande ce qui se passe. Les mots ont du mal à sortir, elle me répète plusieurs fois que je suis en sécurité avant que je n'arrive à formuler une première phrase. Je crois que c'est quand ils passent les menottes à Stéphan, puis surtout à Eneko, que tout redevient clair.

— Il n'y est pour rien, ce n'est pas lui qui...

— Qui n'y est pour rien ? Vous vous sentez capable de nous accompagner à la gendarmerie ? Vous voulez porter plainte ?

Mon collègue reste calme contrairement à Stéphan qui cherche à se débattre et continue d'injurier tous ceux qui se trouvent dans ma chambre. Je me rends alors compte que je ne suis qu'en serviette de bain devant pas moins de cinq personnes.

Je me rapproche d'Eneko et j'essaye d'expliquer qu'il n'y est pour rien. La femme doit finir par comprendre, car elle le détache. C'est lui qui explique alors ce qui s'est passé :

— Cet homme est venu ce matin agresser ma collègue dans l'école où nous travaillons. Et il y a moins d'un quart d'heure, j'ai reçu son appel demandant de l'aide. C'est moi qui vous ai appelé.

— Votre nom monsieur ?

— Eneko Cantala.

L'un des flics réagit :

— Oui, c'est bien le nom qui a été renseigné.

— Je suis directement venu, pour être certain que Linda allait bien. Quand je suis arrivé, il s'apprêtait à la frapper. Je me suis interposé et j'ai rendu coup pour coup.

Je vois les gendarmes hocher la tête au fur et à mesure qu'il raconte l'histoire. La femme se tourne vers moi et me demande si c'est exact.

— Oui.

— Vous souhaitez porter plainte.

Je regarde Stéphan, je ne lui veux pas de mal, mais il doit se faire soigner.

— Que se passera-t-il pour Stéphan si je dépose plainte ? Je veux dire, il a déjà une mesure d'éloignement.

— Ça ne l'a pas empêché de revenir, grogne Eneko.

Je remarque alors sa lèvre fendue, je m'en veux.

— Vous pouvez y réfléchir, mais si vous tenez vraiment à ce qu'il arrête, il faudra porter plainte. On peut le garder en cellule cette nuit et demain. Sans plainte on ne pourra rien faire de plus, et croyez-moi par expérience, ce genre d'individu ne s'arrête pas en cours de chemin.

— Il doit se faire soigner, il n'était pas méchant avant...

— Venez demain matin. Vous aurez la nuit pour y réfléchir. Voulez-vous voir un médecin ?

— Non. Ça va aller, merci.

J'observe sans vraiment voir les gendarmes embarquer mon ex. Quand la porte d'entrée se referme, j'ai l'impression d'être en plein cauchemar.

— Qu'est-ce que je dois faire ?

Mes yeux s'emplissent de larmes de nouveau et Eneko vient me prendre dans ses bras. Il me souffle tout bas que c'est terminé, que je ne crains plus rien.

— Si tu portes plainte, il ne pourra plus te faire de mal.

— Mais ça va lui gâcher la vie, je le connais depuis toujours.

— Non, ça lui sauvera peut-être la vie justement. S'il doit aller en prison, il se fera désintoxiquer. Ne rien faire sera pire. On en reparle demain, tu devrais aller te coucher.

Il passe son bras autour de ma taille et me fait avancer vers ma chambre. Je l'arrête au milieu du couloir et lui dis :

— Je vais te soigner ta lèvre.

Il lève un sourcil amusé et me répond :

— Oui, maîtresse.

Aussi étrange que ça puisse l'être, je souris.

— Laisse-moi juste le temps d'enfiler quelque chose avant.

— Ce n'est pas nécessaire, je t'assure que la tenue
« serviette de bain » te va à ravir !

Mon esprit commence à fonctionner de nouveau
normalement, j'ai l'impression que tout ce qui s'est passé ne
s'est joué que dans ma tête, pourtant la lèvre d'Eneko atteste
le contraire. Je prends ce qu'il faut dans la salle de bain, passe
un peignoir et je rejoins mon collègue assis sur mon lit.

— Merci d'être venu.

— C'est normal. On en parle plus ce soir, ok ? Tu dois
penser à autre chose.

— D'accord.

Sans plus attendre, je m'applique à soigner sa lèvre, je me
demande un instant s'il ne faudrait pas recoudre. Il approche
sa main pour tâter sa blessure, mais je l'empêche d'y toucher
en l'écartant. C'est à ce moment-là que je me rends compte
que son poing est dans un triste état également.

— Tu as vu ta main !

— Oui, ça pique un peu. Ce n'est rien.

Par précaution je désinfecte tout de même, je lui propose
une poche de glace, cependant il refuse.

— Tu sais, tu n'as pas terminé ton boulot d'infirmière.

Je l'observe, surprise. J'ai nettoyé, désinfecté et vérifié
chaque plaie. Devant mon air interrogatif, il ajoute, un petit
sourire malicieux en coin :

— À l'école quand tu soignes un élève, tu fais
systématiquement un bisou magique !

Alors, sans réfléchir je prends sa main et lui embrasse
chaque jointure blessée, puis je me mordille la lèvre
inférieure, hésitante. Je m'avance et dépose un délicat baiser
sur sa lèvre.

Les yeux perdus dans les siens, je m'installe sur lui à
califourchon, ses mains se plaquent à ma taille pour me
maintenir. Doucement, de crainte de lui faire mal, j'embrasse
l'extrémité de sa bouche, ça ne me suffit pas, à lui non plus.

Il vient à ma rencontre et nos lèvres fusionnent, sa langue vient enrouler la mienne. Un goût d'antiseptique et de sang se mêle à notre échange.

Mes mains courent dans ses cheveux et commencent à explorer son corps. Je deviens avide d'en découvrir plus, je passe sous son pull et le lui ôte sans qu'il proteste, bien au contraire, un sourire satisfait étire ses lèvres.

Mes doigts plongent sous son T-shirt et explorent ce corps encore inconnu. Sa peau est douce, ferme et je m'amuse à suivre les lignes de ses muscles. Dans un geste fluide, il se débarrasse de ce vêtement, ce qui me permet d'admirer son torse à volonté.

Le regard enfiévré, j'observe ce corps divinement sculpté. Avec douceur, Eneko me bascule sur le lit, il se dresse devant moi et plonge dans mes yeux comme pour être certain de ce que je veux.

Je me mordille la lèvre envieuse de ce qui va suivre. Il ne se fait pas prier et m'embrasse, je le sens faire une petite grimace de douleur, mais il n'en fait pas cas, et continue de faire connaissance avec mes lèvres. Il s'amuse à me mordiller, il poursuit son excursion le long de mon cou. C'est certain, il doit se rendre compte de mon cœur qui s'emballe.

Il parvient à mes seins et les cajole sans retenue, les goûtant, les malaxant, les mordillant. Il joue avec mes tétons, il les fait rouler entre ses doigts et me jette des petits coups d'œil pour voir mes réactions. De toute évidence, il retient rapidement ce qui me plaît et excelle à recommencer jusqu'à ce que mes gémissements franchissent la barrière de mes lèvres. Jamais je n'ai éprouvé tant de plaisir juste avec mes seins. Plus il harcèle mes tétons, plus je sens la chaleur se propager dans mon bas ventre. À présent, le moindre frôlement me déclenche des spasmes incontrôlés.

Il se redresse et dans un sourire un peu gêné, il me demande :

— Je peux mettre ma moto dans ton garage.

Sur le coup, je ne comprends pas, je ris de la tournure de l'image. Très vite, je réalise qu'il parle bel et bien de sa moto et non pas d'autre chose. Je m'exclame :

— Maintenant ?

Il dépose un chaste baiser sur mes lèvres et insiste :

— Je serai rapide.

En effet, je le vois déjà disparaître dans le couloir. Il ne met pas longtemps avant de revenir, je n'ai pas bougé, perdue dans mes pensées. Je l'observe finir de se déshabiller et venir se coucher sur moi. Il a ramené le froid de dehors et je frissonne à son contact. Il sourit et dans un murmure me glisse à l'oreille :

— Il était temps, elle commençait à être trempée.

— Elle n'est pas la seule ! grogné-je.

— Vraiment ?

Comme pour vérifier mes dires, sa main descend vers mon entrejambe, pendant que sa bouche vient rencontrer la mienne. C'est comme un soulagement de le sentir palper mon intimité. Ses mains reviennent sur mes épaules pour finir de retirer mon peignoir, d'un air amusé, il me gourmande :

— Il n'y a pas de raison que je sois le seul à être nu.

Je profite de cet instant pour le bousculer, une fois sur le dos, je m'installe sur lui et le regarde à loisir. Ses doigts retrouvent rapidement le chemin de mes seins et ce simple contact me tend et m'inonde d'une vague de plaisir.

Eneko me tend un préservatif, heureusement qu'il y songe, car j'ai la tête totalement ailleurs ! Rapidement, je défais l'emballage et déroule la protection sur son sexe dressé. Lentement, je me laisse glisser sur lui, m'empalant avec délice. Jamais une pénétration ne m'a parue si salvatrice, plus qu'une envie c'était un réel besoin. Depuis combien de temps ne m'étais-je pas sentie si entière, si femme, si complète ?

Un sourire espiègle flotte sur le visage de mon amant et je comprends vite pourquoi. Je n'ai pas terminé de me mettre en place qu'il donne un coup de rein entrant totalement en moi, ce qui m'arrache un cri de surprise mêlé de plaisir.

Il coulisse en moi sur toute sa longueur, ça ne lui suffit visiblement pas, car très vite il se redresse et profite de ma poitrine offerte. Mes gémissements redoublent, les vagues de plaisirs déferlent, plus chaudes, plus intenses, plus rapprochées. Je me contracte sur son sexe et savoure cet instant unique où plus rien ne compte que le moment présent.

D'un mouvement plus ample de ses hanches, il me renverse sur le dos, alors que je me remets à peine de cette volupté de sensations. À genoux devant moi, il attire mon bassin et me pénètre sans la moindre difficulté. Mes jambes se resserrent autour de sa taille, mes mains agrippent les draps comme pour me permettre de rester accrochée à la réalité. Mon plaisir est tel que des bruits de succion se produisent à chaque poussée d'Eneko.

Ma tête bascule en arrière, le souffle coupé par une explosion de jouissance jamais ressentie jusqu'à présent. Mon cœur est affolé, ma respiration saccadée, je n'ai plus de limite à mon désir, il me laisse quelques instants pour me remettre avant de me reprendre de façon plus rapide. Il s'allonge sur moi, ses hanches allant et venant au plus profond de mon être. Il emprisonne ma taille et je sens ses doigts se crisper en même temps qu'il atteint ce point de plaisir dont on avait tous les deux besoin.

Quand j'ouvre les yeux, je m'attends à voir Eneko près de moi. Cependant, je suis seule, l'espace d'un instant je me demande si je n'ai pas rêvé ce qui s'est passé cette nuit. Tout me revient, Eneko sur moi, moi sur lui. Et Stéphan. Un long frisson me parcourt, comment j'ai pu faire l'amour après ce qui était arrivé, comment j'ai pu faire l'amour avec mon collègue ? La douleur dans mon entrejambe me confirme bel et bien ce qui s'est produit, des taches de sangs sur le sol me confirment également l'altercation.

Je cherche machinalement mon téléphone sur la tête de lit, puis je me souviens qu'il a glissé par terre. Je me lève pour me coucher par terre, du bout des doigts je parviens à saisir mon portable. Pas de messages. Je suis un peu vexée par l'absence d'Eneko. Je ne l'ai pas entendu partir et je n'ai aucun message de sa part.

Je prends une rapide douche, m'habille et descends. Ce n'est qu'une fois en bas que je me demande si je vais porter plainte ou pas. Je n'y ai pas songé. Je me prépare un café et mes yeux se posent sur un sachet de viennoiserie sur la table de cuisine. Un mot est posé à côté :

Je suis dans ton garage…

Je suis soulagée. Il ne s'est pas enfui comme un voleur finalement. J'attrape un croissant et me rends dans le garage. Eneko est bien là en train d'astiquer sa moto. Je l'observe faire, curieuse de l'intérêt qu'il a envers cette machine.

— Bonjour.

Il se retourne et me sourit, je m'approche un peu gênée de ce que je dois faire ou dire.

— Salut. Bien dormi ?

— Oui. Merci.

Je sais que je lui dois une explication, pourtant rien ne sort, je ne sais pas par quoi commencer. Je ne sais pas si je dois l'aider ou pas. Je ne sais pas.

Il dépose le chiffon, sur le bol par terre et s'approche de moi. Étrangement, j'ai envie de fuir.

— Tu es certaine que ça va ?

— Oui. Merci pour hier soir.

Je me reprends, j'ai l'impression de le remercier de m'avoir sautée !

— Merci d'être venu. J'ignore ce qui se serait passé si…

Il hausse les épaules, il prend un autre chiffon et continue d'astiquer. Il finit par demander sans me regarder :

— Il se drogue depuis combien de temps ?

Ce n'est pas la première question qui me serait venue à l'esprit.

— Je ne sais pas. Je l'ai connu enfant, nous allions à l'école ensemble. On s'est perdu de vue au lycée. Et puis, il y a quelques années, on est retombé l'un sur l'autre. Ce n'était encore qu'un ami.

À sa façon de passer le chiffon, une tension l'habite. Je l'ignore et poursuis mon histoire :

— Je suis allée à une fête à Halloween et on s'est mis ensemble. Rapidement, j'ai remarqué que son comportement était inégal, c'était étrange, il passait du rire à la colère. Doux et empressé. Puis, des objets ont commencé à disparaître. Quand j'ai vu qu'il manquait des bijoux de ma mère et la collection de timbres de mon père j'ai voulu le mettre dehors. C'était juste avant Noël, il est devenu fou de rage et il a commencé à me frapper.

Ma voix s'étrangle dans ma gorge, j'ai des difficultés à expliquer la suite, je prends une grande inspiration et termine :

— Carole, c'est la collègue que tu remplaces. Carole devait passer. Elle m'a entendu crier et a téléphoné à la police. J'ai porté plainte et une mesure d'éloignement a été mise en place. Stéphan devait aller en centre de désintox...

— Visiblement, ça n'a pas fonctionné.

Eneko repose son chiffon et vient me rejoindre dans l'encadrement de la porte. Il passe une mèche de cheveux derrière mon oreille et me demande sans animosité :

— Tu ne t'es donc jamais droguée ?

— Non !

— Tu dois porter plainte. Il n'arrêtera pas de te harceler tant qu'il sera dépendant de cette merde.

— Mais...

— Tu l'aimes ?

Est-ce que j'aime Stéphan ? Je ne lui ai jamais dit, ça, c'est certain. Je ne le dis pas facilement.

— Non. Je n'ai jamais été amoureuse, je crois bien.

Eneko m'observe surpris et insiste :

— Quoi ? Jamais ? Non, c'est impossible ! Tout le monde tombe amoureux !

Je hausse les épaules avec un petit sourire contrit :

— Pas moi.

Il plisse les yeux comme pour me faire avouer. Il abandonne et déclare plus sérieusement :

— Dans tous les cas, tu dois porter plainte. Que ce soit pour te protéger et pour le sauver lui. Le laisser agir est dangereux pour toi et pour les autres !

— D'accord.

*

Dernière semaine avant les vacances de février, il est temps qu'elles arrivent, les élèves sont déchaînés, et plus personnellement, j'ai besoin d'un break. Cathy me raconte les ultimes déboires des CP, quand on remarque une bousculade, on s'approche en même temps qu'un des enfants nous interpelle :

— Maîtresse ! Mathis a poussé Théo ! Il saigne !

— C'est pour moi, je présume ?

Le grand sourire de Cathy me le confirme. Depuis toujours, je suis la préposée aux divers bobos. Immanquablement, je repense à ce week-end. Je pars chercher le petit, je m'abaisse à sa hauteur et examine la belle bosse et surtout l'entaille qui est d'une sacrée taille !

— Théo, regarde-moi. Je sais que ça fait mal et que tu as peur, mais tu es un garçon courageux, vrai ou faux ?

Entre deux sanglots, il confirme. Je lui tends la main et je lui demande :

— Tu vas réussir à venir avec moi ? Tu comprends, moi je ne suis pas très forte, je ne peux pas te porter.

Je me rapproche de lui et lui chuchote :

— En plus, si tu gardes la tête droite et que tu arrêtes de pleurer, je suis sûre que les autres vont t'admirer pour ton courage.

Ce genre de parole est toujours magique. Le petit cesse de pleurer, il redresse les épaules et m'accompagne sans difficulté.

Je passe dans la garderie, qui sert d'infirmerie occasionnellement. J'installe Théo sur une chaise et prends la trousse de secours. Je commence par nettoyer la plaie, je m'aperçois qu'elle est bien plus profonde que je ne le pensais. J'applique une poche de froid sur la bosse et utilise deux compresses pour stopper le saignement.

— Besoin d'aide ?

— Oui. Il faut téléphoner aux parents, il a besoin de point de suture.

Je regarde la lèvre fendue d'Eneko, ça se résorbe bien. Il hausse un sourcil amusé et part chercher le numéro de téléphone.

La mère ne tarde pas à arriver, elle regarde son fils qui va pour se remettre à pleurer. Je prie pour qu'elle ne soit pas de ces mères qui s'affolent d'un rien. Elle lui sourit et se moque gentiment :

— Eh bien ! Tu ne voulais pas aller à l'école cet après-midi ?

— C'est Mathis, il m'a poussé !

— Bah, tu vas avoir une cicatrice, c'est cool !

Le petit arrive à sourire, bon début. Je lui explique ce que j'ai fait et quand elle voit la plaie, elle s'accorde à dire qu'il faudra des points.

Elle repart avec Théo, je me mets immédiatement à ranger la trousse de secours et à noter ce que j'ai utilisé.

— Décidément, tu peux te reconvertir en infirmière !

— Je n'ai aucune patience avec les malades. Hors de question ! Ta lèvre va mieux ?

— Oui.

Il passe sa langue sur ses lèvres et me fait un clin d'œil très suggestif. Je sursaute en entendant Élisabeth m'appeler. Je soupire.

— J'arrive.

Élisabeth a son air condescendant, que va-t-elle encore m'annoncer.

— Je viens de recevoir un coup de fil de la gendarmerie. Tu aurais dû me dire que ton petit ami était un junkie.

— Mon ex.

— Oui, pardon. Tu sais que tu peux me parler si tu as besoin.

— C'est très gentil, Élisabeth, mais je n'ai nullement envie d'étaler ma vie privée sur la place publique.

— Oui, je comprends, je suis entièrement d'accord. Si les parents d'élèves venaient à apprendre que…

— Élisabeth ! Les parents n'apprendront rien si tout comme moi tu gardes ça pour toi ! Étant donné que tu es la seule à être au courant, si ça vient à se savoir, je te fiche un rapport pour harcèlement. Ça te va comme deal. Je ne me suis pas laissée faire par cet enfoiré, je ne vais pas me laisser faire avec toi. Ça fait deux mois que tu me tapes sur les nerfs à cause d'Eneko, tu as l'âge d'être sa mère, ne sois pas outrée qu'il ne veuille pas de toi. Donc si tu es frustrée, tu fais comme tout le monde : tu t'achètes un vibro et tu fous la paix aux autres.

— Je n'ai cherché qu'à t'aider ! Je ne te permets pas de…

— Élisabeth, tais-toi. Tu es odieuse avec Cathy, les petites piques que tu lances n'échappent à personne, tu es limite avec Eneko et tes sous-entendus graveleux, et quant à moi, c'est quoi ton problème ? Je suis plus jeune donc tu m'en veux ?

— Tu oublies que je suis la directrice !

— Pas pour longtemps si tu continues comme ça ! On est une petite école, 4 classes pour 5 niveaux, on vit dans une petite ville où j'ai grandi. Tu te crois menaçante, je le suis bien plus que toi !

La cloche retentit comme pour annoncer la fin du match. Je sors de son bureau sans chercher à savoir si elle a autre chose à me dire. Je croise Cathy qui visiblement a entendu une partie de la conversation, elle me sourit et murmure :

— Alors la sorcière est morte ?

J'éclate de rire et vais récupérer mes élèves.

Quand j'arrive à la maison, je téléphone directement à Carole. Elle va adorer de savoir que j'ai envoyé balader Élisabeth !

On déblatère sur notre directrice pendant plus d'une heure. C'est dingue ce que ça fait du bien ! Je suis heureuse d'entendre que sa chimio se passe correctement, elle a évidemment des effets secondaires, mais ça reste supportable pour le moment. Je suis stoppée dans ma conversation par la sonnette. Je regarde rapidement par la fenêtre et vois Eneko avec des pizzas dans les mains.

— Désolée, je dois te laisser. Eneko m'apporte des pizzas !

— *Ah ! Le remplaçant ! Tu vas devoir me raconter plein de choses, je le sens !*

Je souris et raccroche au moment où j'ouvre la porte. Il ne se fait pas prier pour entrer, il me glisse un baiser en passant devant moi et annonce :

— Je rentre vite ma moto au garage et on mange !

Je le laisse ressortir, aussi surprise qu'amusée par sa visite. Quand il revient, je lui déclare :

— Tu dois arrêter de dire ça.

— De quoi ?

— De mettre ta moto au garage, cette phrase à une connotation très sexuelle !

Il hausse un sourcil amusé et s'approche de moi :

— Heureux d'apprendre que tu me compares à une moto.

— Idiot ! J'ignorai qu'on devait manger ensemble ?

— Ça te dérange ?

— Non, c'est juste que je suis surprise. Je pensais que ce week-end… c'était, enfin que ça n'arriverait qu'une fois. Enfin, ce n'est pas ce que je veux dire. C'est juste qu'on est collègue et…

— Et ?

— Et d'ordinaire, je ne couche pas avec mes collègues.

Il éclate de rire et reprend :

— Tu pourrais, mais si j'en crois tes inclinations, tu préfères les motos, aux garages… Donc, il est logique que tu ne couches pas avec tes collègues.

— Oui, mais…

— Ttt, pas de « mais ». Je me suis donné pour objectif de te faire tomber amoureuse de moi !

— Quoi ?

Devant sa mine réjouie, je ne comprends pas. Je répète pour être certaine d'avoir compris :

— Tu veux que je tombe amoureuse de toi ? Pourquoi ? Tu m'aimes ?

— Je t'apprécie, oui. Aimer, je ne suis pas certain. Du moins pour le moment, ma moto passe avant toi, donc je présume que non. Mais je ne peux pas te laisser comme ça, tu dois savoir ce que ça fait d'être amoureuse !

— L'amour n'est pas fait pour durer. Regarde le nombre de parents divorcés qu'on a et les gamins n'ont pas 12 ans !

— Les gens divorcent trop vite, c'est tout. Ils ne veulent plus faire de compromis. Attaquons les pizzas avant qu'elles ne soient froides et je suis certain d'arriver à te convaincre !

— Tu es un vrai gamin !

— Pourquoi crois-tu que je me sois tiré du collège !

J'éclate de rire et m'installe en face de lui, je me rends compte qu'il perd peu à peu son accent, c'est dommage, mais logique après tout.

Je me sers avec envie d'une part et croque dedans, Eneko ne me lâche pas des yeux. On parle de tout et de rien. J'aime son humour, il me fait sourire. Du bout du pied, je retire ma chaussure, je pars à la rencontre de sa cheville. Je me mords la lèvre tout en l'écoutant. Mon pied remonte peu à peu.

Il hausse un sourcil, amusé. Il se recule sur sa chaise et m'observe avec un désir non feint. Avec un petit sourire, il me dit :

— Avant tout, il faut que je te présente officiellement à ma chérie.

— Ta moto ?

— Oui, l'unique amour de ma vie… pour le moment.

Il appuie ses paroles d'un clin d'œil, il se lève et me tend la main pour que je le suive. Il m'emmène à mon garage où sa moto est abritée.

Eneko observe mes chaussures mouillées et demande de les retirer pour grimper dessus. Je suis dubitative et lui demande s'il est sérieux.

— Oui, j'ai passé mon dimanche à la briquer.

— Tu es vraiment dingue !

— Aller grimpe !

Je ne suis pas rassurée, elle reste impressionnante ! Et si jamais je la faisais tomber ! Il me détesterait ! Étrangement, cette idée m'empoigne le cœur.

— Pose ta main ici, resserre les doigts sur la poignée, doucement, mais avec fermeté. Tu n'as plus qu'à passer ta jambe par-dessus, et tu seras en place.

Ce ne doit pas être plus difficile que de monter sur un cheval, en plus, ce n'est pas comme si elle avait une volonté propre contrairement à l'animal ! Je suis à peine montée qu'il me rejoint derrière moi. La moto tangue légèrement, à peine en réalité.

— Tu vois, ce n'était rien. Penche-toi, légèrement…

Je m'exécute, je m'agrippe aux poignées, je crains de faire une bourde. Eneko se colle à moi, sa tête se niche au-dessus de mon épaule, il commence à m'expliquer comment elle se conduit. Mon attention est pourtant mise à rude épreuve, l'une de ses mains s'égare vers ma poitrine alors que la seconde se glisse sous ma jupe.

Il cesse de parler et commence à m'embrasser dans le cou. Instinctivement, je penche la tête pour lui faciliter l'accès.

— Tu es insatiable…

— Je n'ai pas l'impression que ça te dérange.

Il appuie ses paroles en glissant un premier doigt en moi. Mon corps trahit l'excitation que je ressens.

— Prends appui sur les étriers.

— Quoi ?

— Fais-moi confiance.

N'écoutant que sa voix, je place mes pieds, mon bassin bascule un peu plus en arrière, mes fesses se collent d'elles-mêmes à Eneko. À travers le tissu de son pantalon, je perçois son sexe durci par le désir. Un second doigt glisse en moi, l'excitation plus forte que ma volonté me pousse a exécuté de petits mouvements.

Ses mains s'extirpent doucement, j'entends sa braguette suivie du bruit typique de l'emballage d'un préservatif. J'ai du mal à imaginer qu'on puisse faire quoi que ce soit ici ça me semble trop insolite. Pourtant, l'idée de faire l'amour, là, sur sa moto éveille quelque chose en moi, un feu brûlant envahit mon bas ventre. Je n'ai plus qu'un souhait : le sentir me prendre, ici et maintenant !

Mon vœu est exaucé, il me murmure de me soulever un peu. J'obéis. Son sexe se présente à moi, toujours en appui sur les étriers et les mains sur le guidon, je le laisse écarter ma culotte et me pénétrer doucement. Ses doigts reviennent titiller mes tétons et mon clitoris en même temps.

J'apprends rapidement comment me soutenir pour m'empaler au rythme souhaité sur son sexe divinement dur. Ses râles de plaisirs me donnent envie d'en entendre plus, j'oublie un instant mon propre plaisir pour essayer de lui arracher plus qu'un grognement. Je varie mes mouvements, ça fonctionne, ses mains si expertes dans les caresses perdent leur synchronisme. Mon sous-vêtement me gêne, mais je n'en ai cure. Je continue de monter et de descendre sur la hampe de mon compagnon.

Je n'ai jamais connu de situation si érotique, cette seule image de nous sur la moto décuple mon plaisir. Les doigts d'Eneko se crispent sur mon sein, il retrouve rapidement mon téton l'étire, le roule sur lui-même, le cri qui m'échappe renforce son ardeur. Ses lèvres enfiévrées courent le long de mon cou, elles s'arrêtent par moment sur mon lobe d'oreille.

Sa seconde main toujours enfouie dans ma culotte s'active plus rapidement sur mon clitoris, il m'est impossible de me contrôler. Le plaisir me submerge alors que je le sens se contracter dans un grognement rauque, il me maintient enfoncée sur lui le temps qu'il termine de jouir.

Tous deux haletants, on se dégage doucement l'un de l'autre. Je descends de sa moto, mes jambes sont flageolantes, et le froid du dallage sur mes pieds nus me donne des frissons.

Eneko réajuste son pantalon et me prend dans ses bras pour m'embrasser.

*

L'année scolaire passe à une vitesse folle. Élisabeth est distante, ce qui m'arrange. Cathy se doute de quelque chose, cependant elle ne dit rien. Quant à Eneko, il se fait un devoir de me faire connaître mille délices. Nous n'avons pas refait l'amour sur sa moto, il y a plus confortable ! En revanche, il m'a emmené en promenade, je dois l'avouer, la sensation de liberté qu'on ressent n'a pas de comparaison. Jamais je ne me suis sentie aussi libre, qu'accrochée derrière lui à battre les routes de campagnes. Quand je suis descendue de moto, j'ai déposé un tendre baiser sur ses lèvres et lui ai glissé :

— Je t'aime.

Nouveau chef

Je descends rapidement les escaliers, je balance de façon presque délicate mes affaires dans mon casier, pour enfin me planter devant la machine à café. Je suis la première ! J'attrape mon gobelet rempli de ce breuvage salvateur. On ne peut pas commencer une journée sans un café, ce n'est pas humainement possible, pas ici, pas avec les clients qui se font un devoir de nous prendre pour des robots.

J'ouvre la salle fumeurs, espace dédié aux toxicomanes de la nicotine. J'ai bien essayé d'arrêter, mais faut être honnête, les adeptes de la sucette à cancer sont plus fun que les autres. La preuve, certains non-fumeurs squattent notre pièce ! Mes collègues arrivent et viennent me rejoindre, rapidement la salle devient brumeuse. Les conversations commencent direct' sur le boulot.

On a tous des anecdotes à relater, il ne se passe pas une journée sans qu'un client ait soit pété un câble, soit été injurieux, soit tenté un truc stupide. Il y en a pour tous les goûts et surtout, on peut les remercier, car même si certains nous donnent des envies de meurtres, d'autres nous font bien rire (souvent à leurs dépens !). Je reviens de vacances, autant dire qu'il faudra plus d'une pause pour qu'on me raconte tout ! Une chance que je travaille en rayon, c'est plus facile pour discuter qu'en caisse.

— Cathy, tu n'as pas encore eu la chance de rencontrer ton nouveau chef !

Je regarde ma collègue qui a un grand sourire franchement amusé. Je secoue la tête :

— Non, qu'a-t-il de particulier ?

— Laisse tomber. Je vous le dis, un mec comme ça, il est forcément homo !

J'observe Christophe, il écrase sa clope et avec un air taquin, il poursuit :

— Mais à écouter toutes les filles du magasin, c'est le plus beau gars qui travaille ici !

J'étudie l'ensemble des collègues présents, les filles hochent la tête et les hommes font tous des moues sceptiques. Je m'arme de mon sourire le plus triomphant et annonce :

— Rien de plus logique qu'on me colle un beau gosse, après tout, je suis bien miss t-shirt mouillé !

Tous éclatent de rire, l'ambiance est vraiment sympa et tous les ans on fait des petits concours au sein du magasin. Cette année c'était miss t-shirt mouillé, j'avoue, c'était quelque peu misogyne, mais on s'est tous amusé et il n'y avait rien de malsain. L'année précédente, c'était un calendrier « sexy » avec tous les gars. Bref, il y a bien quelques anicroches, le tout reste bon enfant.

— Ça va être l'heure.

On se lève tous en même temps, seule une collègue caissière reste, elle commence dans un quart d'heure.

À la file indienne, on descend le second escalier et nous parvenons à la pointeuse. Hors de question de pointer une minute en avance. On passe les uns après les autres, une fois fait, on continue de saluer les nouveaux arrivants. Les caissières filent compter leur tiroir, elles ne peuvent pas être en retard, tout comme celle qui gère l'accueil. Je les regarde compatissante, je me souviens de mes 4 années de caisse, dès que j'ai pu changer je l'ai fait !

Je trottine tranquillement avec ma collègue de la peinture jusqu'à la réserve au fin fond du magasin, c'est elle qui a lancé le débat sur mon nouveau chef. Tout en cheminant, je demande :

— Alors, il a commencé à réformer l'élec' ? Je suis certaine que rien n'est disposé comme il faut, qu'il faut tout réagencer !

— Comment as-tu deviné ? s'esclaffe-t-elle.

— Une intuition, ils sont tous pareils ! Et c'est quoi son petit nom ?

— Demande-lui, il est là-bas avec le chef.

Je regarde dans la direction indiquée, je vois directement le gérant du magasin en pleine discussion avec ce que j'appelle dans mon jargon « un putain de beau gosse ».

— Obligé, il est homo !

Sylvie me scrute, amusée et demande :

— Tu es déçue ?

— Sûr, je vais souvent me rincer l'œil, et crois-moi s'il n'est pas homo, je le viole !

On éclate de rire et les chefs se tournent vers nous. Oups.

On arrive à leur hauteur, immédiatement le gérant nous tend la main pour nous saluer. Il est cool, et s'il n'était pas de 15 ans mon aîné et accessoirement marié, j'aurai peut-être essayé de le draguer. En revanche, mon nouveau chef de secteur, à savoir rayon électricité, je remarque qu'il n'a pas d'alliance, ses yeux bleus me transpercent directement, une seule idée me passe par la tête : « avec toi, quand tu veux, comme tu veux ». Je chasse mes pensées lubriques et tente de me concentrer sur ce qui se dit. Sylvie après les avoir salués repart aussitôt à la réserve, on ne se doit pas de fainéanter devant le boss après tout.

— Éric, voici Cathy, elle travaille pour nous depuis 6 ans ?
7 ans ?

— Bientôt 7 ans, chef.

Il hoche la tête et sourit, il continue :

— Je n'ai aucun doute sur ses capacités, elle suit en parallèle des études de droit. Je ne me trompe pas ?

— Non, chef, c'est bien ça.

Ce patron est top, il s'intéresse réellement à ses employés. Il part du principe que si on est heureux dans ce qu'on fait, on le fera bien et avec plaisir. Il ne se trompe pas, on a pas mal d'avantages ici, et pour rien au monde je ne changerais de taf pour me payer mes études.

— Cathy, ton nouveau chef de rayon Éric Bauer.

Il me tend la main, il n'y a qu'au grand chef qu'on serre la main. Mais bon, il vient d'arriver, on ne va rien dire. Le regard qu'il me jette note chaque détail de ma personne, je sais qu'il me jauge. Je plisse légèrement les yeux et lui souris, en moi-même, je pense :

T'inquiète pas, beau gosse, je fais peut-être deux têtes de moins que toi, mais je connais mon taf !

— Il y a deux palettes qui sont là, attendez-moi pour commencer. On va changer quelques petites choses.

J'en ai marre d'avoir toujours raison !

En marchant vers la réserve, je croise Sylvie qui revient avec sa palette, je la regarde et lui dis :

— J'ai gagné ! Il va falloir changer quelques petits trucs, dixit « monsieur je serre la main et vouvoie » !

— Bon courage !

Je lui fais un clin d'œil et continue de cheminer. Je m'arrête de temps à autre pour saluer un collègue, raconter rapidement mes vacances, demander des nouvelles. Je fais ma vie comme toujours avec tout le monde ici.

J'étudie les palettes, ma journée promet d'être bien remplie. Quand j'arrive dans le rayon, je vois mon nouveau chef occupé à prendre des mesures et d'observer les luminaires accrochés, j'imagine très bien les plans qu'il est en train de se faire. Il m'entend et commence :

— Bien. J'aimerais que les ampoules soient du côté des plafonniers. Du coup, tout ce qui est exposé ici, devra être placé là, ainsi les clients devront passer devant pour avoir accès aux ampoules. En ce qui concerne les câbles, il faudrait...

Je l'écoute patiemment, quand il termine enfin de refaire tout le rayon, je demande :

— Ok et pour les nouveautés ?

— Les nouveautés ?

— Les rouleaux de LED qui changent de couleurs.

— Devant la dernière caisse, je crois que c'est celle qui tourne le plus. Le gérant est partant pour les exposer ainsi.

— D'accord.

— Rien à redire ?

Je hausse les épaules et réponds d'un ton monocorde :

— Que voulez-vous que je vous dise, vous débarquez, vous mettez tout comme vous le souhaitez et dans deux mois, on remettra tout en place, car finalement ça ne sera pas aussi top que vous le pensiez.

Au fur et à mesure, je vois ses yeux se rétrécir, je maudis ma langue trop bien pendue !

— Donc pour vous, je me fourvoie ?

Je le regarde droit dans les yeux, mentir ne fait pas partie de mon contrat, je réponds :

— Oui.

— Pourquoi ?

Je l'observe attentivement, il semble vouloir connaître mon avis, je m'explique :

— Les clients ne sont pas cons, enfin certains si. Mais en principe non, ils savent très bien qu'en réorganisant tout c'est pour les perdre afin qu'ils achètent plus cher. D'autre part, on a une grosse clientèle de personnes âgées, ils viennent souvent juste pour 2 ampoules et 4 piles, leur faire traverser le rayon ne changera rien. Pour moi, le mieux à faire est de laisser les rayons tels quels et une fois par mois changer les luminaires de présentations, selon où ils sont placés, ils rendent plus ou moins bien. Pour finir, vous m'avez fait chercher une palette pleine pour m'annoncer que je dois changer la disposition des rayons, ce qui inclut les vider avec et les remplir à nouveau donc ça fait 2 palettes dans le rayon voir 3, ça fait désordre.

Ses yeux bleus sont indéchiffrables, colère, amusement, vexation ? Je n'ai pas trop envie de savoir, je remarque une petite veine qui palpite sur son cou.

— C'est tout ?

Son ton reste régulier, monsieur contrôlerait-il son agacement ? D'ordinaire, je perce mieux les sentiments des gens et je suis désorientée de ne pas savoir ce qu'il pense. Il m'offre une chance de m'exprimer, je ne vais pas m'en priver :

— Non. L'idée de mettre les nouveautés devant la caisse 9 n'est pas top. Ça va bloquer la vue de la caissière et nous en rayon, on ne pourra pas voir ce que font les clients, s'ils tentent de piquer un truc ou pas.

— Pourquoi votre collègue ne m'a rien dit, quand je lui ai proposé samedi ?

— Parce qu'il est en vacances cette semaine et qu'il part en retraite à la fin de l'année.

Il hoche la tête et m'interroge :

— Donc ça n'a rien à voir au fait de ne pas réussir à tout faire en temps et en heure.

Je réfléchis rapidement à mes derniers cours, le meurtre est difficilement défendable, mais un coup de pied dans les burnes peut être excusé par une maladresse. Je prends une inspiration avant de répliquer :

— Eh bien, dans ce cas, je vous laisse libre de faire ce que vous semblez être le mieux. Je vais de suite demander à

Monsieur Silvano de me trouver un autre rayon pour mes mains délicates et fragiles.

Je tourne les talons, mais avant que je ne parte, il me rattrape par le bras pour me retenir. Il n'y met pas de force, juste un peu de fermeté pour me maintenir, pas pour me faire mal.

Cette fois, son visage a changé, il est amusé et quelque chose pétille dans son regard, de la taquinerie ? Du désir ? À cette idée, une douce chaleur m'inonde. Je scrute sa bouche, je suis totalement hypnotisée. Je tente de relever la tête, je dois regarder ses yeux, et pas autre chose !

— Je plaisantais.

Je lève un sourcil, attendant d'en entendre plus. Un sourire moqueur aux lèvres, il déclare :

— Vous avez fait un plaidoyer formidable. Au moins, je sais qu'après avoir été élue miss t-shirt mouillé, vous ferez une bonne avocate.

Il me relâche le bras et me désigne la palette :

— Il est grand temps de s'y mettre.

J'attrape mon cutter et ouvre le premier carton. Des prises. J'emporte 3 cartons dans le rayon suivant, je commence à les ranger en essayant de comprendre le comportement du nouveau.

Alors que j'attaque le second, il m'en apporte d'autres. J'émets un vague merci, ne sachant pas s'il l'a fait pour être sympa ou pour me dire d'aller plus vite. Je plie les boîtes vides et les emporte de l'autre côté, je continue de prendre ce qu'il y a à ranger.

En relevant la tête, je le vois occupé à remettre les piles en place. Il se tourne vers moi, il s'approche et me demande :

— Quoi ? Je devrais commencer par les ampoules ?

— Je n'ai rien dit.

— Vous semblez étonnée. Vous n'avez jamais vu de chef rayon aider à vider des palettes.

— Si. Mais je ne pensais pas que vous étiez de ceux-là.

— Vous ne m'appréciez pas ?

Je le regarde, excédée et réponds simplement :

— Je n'ai pas à vous apprécier ou pas. Je vous connais depuis moins d'une heure. Laissez-vous une chance.

J'attrape un nouveau carton, des wagos, retour dans le second rayon.

À onze heures, je prends une pause, la première palette est terminée et la seconde est bien avancée. J'ai à peine allumé ma clope que le téléphone sonne. Sylvie me regarde, amusée.

Je raccroche et commence à expliquer les agissements du chef. Je finis en riant :

— J'ignore s'il est homo ! En tout cas, il a un beau cul !

— Qui ?

Giles arrive et s'incruste sans vergogne :

— Avoue, tu parles de moi !

Je secoue la tête et réponds :

— Oui Giles, tu as un beau cul ! Mais je te l'ai déjà dit, t'es trop jeune !

— J'ai 3 mois de moins que toi !

— Allez, rêve, ça te fera du bien ! En attendant, je dois y retourner !

*

En un mois, on ne peut pas dire que j'ai beaucoup croisé mon chef. Vu ses manières, ce n'est pas plus mal. Chose étonnante, on n'a pas eu à déménager les rayons. Il a été jusqu'à écouter mon idée de changer les luminaires ! Autre fait étrange, si je déballe une palette quand il est là, il me donne un coup de main. Cependant, il ne le fait pas avec les autres du rayon. Je dois avouer que ça m'agace. Surtout qu'il s'est bien intégré, tout le monde s'accorde à dire qu'il est sympa. Tout le monde, sauf moi. Du coup, je n'en parle à personne et je fais ce que je peux pour l'éviter.

J'avoue m'être amusée aussi à faire quelques petits jeux de mots fallacieux. Je suis persuadée qu'il a parfaitement compris mes sous-entendus. Je bats le chaud et le froid, je ne sais pas dire si je le drague ou pas. Il me plaît et en même temps, il reste loin de moi. Je n'arrive pas à capter son attention, ou plutôt, je ne parviens pas à comprendre ses intentions. Jeux ? Drague ? Test ?

Pas d'instruction particulière, si ce n'est : « refaire expo plafonniers ». Je m'attelle donc à défaire le premier. Avec Sylvie, j'ai lancé les paris, j'ai fait 2 h de mise en rayon, je n'ai pas été dérangée une seule fois, depuis que je suis sur mon escabeau, j'ai dû déjà renseigner au moins 5 clients. J'ai parié 8, elle 10. On verra bien qui gagnera.

Éric arrive et me demande si tout se passe bien.

— Oui, dévisser des plafonniers est ce que je préfère, grogné-je.

— Je reste à côté en cas de chute ?

— Pourquoi tu espères que je te tombe dans les bras ?

Je reste fixer un instant ses lèvres, un instant de trop, je n'ai pas vu le client arriver et bousculer mon frêle échafaudage. Je laisse échapper un cri de surprise, mon équilibre est inexistant et soudain je sens le vide sous mon pied.

En moins de temps qu'il faut pour y songer, je me retrouve les fesses à terre. Éric penché sur moi afin de s'assurer que tout va bien et un client qui se confond en excuse. Je suis plus vexée que blessée, ou bien disons que mon orgueil en a pris un sérieux coup ! Je finis par envoyer balader mon chef, qui, aussi surprenant que ce soit, semble réellement inquiet.

Il ne se démonte pas et me tend la main pour m'aider à me redresser. Je vais pour dédaigner sa proposition, cependant quand je prends appui sur mon pied une douleur sourde remonte le long de ma jambe. Éric s'en aperçoit, son visage devient plus grave. Il se désintéresse de ma main et m'agrippe sous le bras. Je n'ai pas d'autre choix que de m'appuyer sur lui.

Le client se morfond toujours et cherche ce qu'il peut faire pour m'être agréable, je finis par lui répondre :

— Ce n'est pas grave, ça fait partie des risques du boulot. Je vais avoir une semaine de congés payés, je ne peux pas vous en vouloir.

Je pousse l'audace à lui faire un clin d'œil. Je n'ai qu'une envie : me cacher. Je tente de reposer mon pied. Nouvelle décharge. Des larmes de frustration et de colère viennent m'assaillir.

Ne pas pleurer !

Je me répète ce simple message, hors de question que le chef me prenne pour une faible femme. Déjà qu'il fait tout pour me faire comprendre que je ne suis pas à la hauteur.

— Je t'emmène à l'infirmerie.

Stéphanie, la caissière de la numéro 9, nous demande si on a besoin d'aide. Je secoue la tête. Éric continue de me soutenir. En bas des marches, je me rends compte que je suis incapable de grimper.

— Si je te porte, tu ne crieras pas au harcèlement ?

— Au harcèlement ? Non.

Il m'attrape comme si je ne pesais rien. En haut des marches, il ne me repose pas et m'emporte jusqu'à l'infirmerie. Il me dépose sur le lit et referme directement la porte.

Je suis soulagée de ne pas avoir croisé de collègues, sans quoi je vois déjà les ragots courir. Je sais que Stéphanie ne dira rien. Et puis, elle ne m'a pas vu dans ses bras.

— Je suis désolé, je ne souhaitais pas te déconcentrer.

— Je n'étais pas déconcentrée, un boulet a shooté l'escabeau.

— Bien sûr, mais...

— Mais quoi ? Je ne suis qu'une faible femme incapable de rester concentrée plus de deux minutes sur ce qu'elle fait ? Si lente qu'il faut l'aider à vider les palettes ? Vas-y, dis-le, puisque c'est ce que tu penses !

Redressée sur les coudes, je le foudroie du regard alors que lui me fixe un instant. Je rêve ou ses yeux descendent régulièrement sur ma bouche. Le temps d'y réfléchir disparaît sous la pression de ses lèvres contre les miennes. J'ouvre de grands yeux de surprise.

Je le repousse et il se rapproche davantage. Ma langue part à la rencontre de la sienne. Quand ai-je fermé les yeux ? Quand ai-je glissé mes doigts derrière sa tête pour le maintenir contre moi ?

Il s'écarte brusquement, ses yeux sont fiévreux de désir, pourtant autre chose passe sur son visage, de la peur ? Ou de la colère ? Son regard est pénétrant, d'une voix rauque il déclare :

— Je n'aurais pas dû t'embrasser.

— En effet, il ne faut pas commencer ce qu'on ne peut pas terminer. Ce n'est pas ce que tu dis toujours ?

Il cherche à savoir ce que je sous-entends, moi-même, je n'en sais rien. De quoi ai-je envie ? Les yeux bleus d'Éric m'hypnotisent, je suis incapable de le lâcher. La lueur que je décèle dedans me trouble, lentement je le regarde avancer. J'avale ma salive difficilement, sans m'en rendre compte je passe la langue sur mes lèvres.

Ma respiration s'accélère, je pousse un hoquet de surprise quand ses bras viennent s'appuyer de chaque côté du lit, m'obligeant à me rallonger. Son visage n'est qu'à quelques millimètres du mien, d'une voix plus rauque que d'habitude :

— Qu'est-ce que tu veux ?

Ma bouche s'étire d'elle-même en un sourire malicieux, j'attrape la chemise de mon boss et l'attire à moi. Éric ne se fait pas prier et fond sur ma bouche, ses doigts passent derrière ma tête et s'entremêlent à mes cheveux. Ensemble, nos langues dansent dans une tourmente où chacun de nous essaye de prendre le dessus sur l'autre.

Il relâche la pression au niveau de ma tête et commence à explorer mon corps, plus rien n'a d'importance, seuls le moment présent et ses caresses sont primordiaux. D'une main experte, Éric fait sauter les attaches de mon soutien-gorge, toujours affublée de l'immonde t-shirt de la boîte, il passe sa tête en dessous et embrasse mes tétons déjà durs d'excitation.

Je pousse un long soupir de satisfaction, j'ignore depuis combien de temps j'attendais ça. Enfin, ce désir inavoué prend consistance. Sans s'occuper des détails, il descend vers mon nombril, il y découvre un petit piercing avec lequel il se met à jouer pendant que ses mains détachent mon pantalon et commencent à le faire glisser sur mes jambes.

Je laisse échapper un gémissement de douleur quand de façon presque délicate, je tente de me débarrasser de mes chaussures de sécurité.

Amusé, il les retire et finit de faire glisser mon vêtement. Il jette un bref coup d'œil à ma cheville, qui je devine, a dû enfler. Doucement, il remonte mes jambes en me les embrassant. Sa barbe de trois jours râpe contre ma peau, bientôt, une dernière barrière l'arrête. Amusé, il râle :

— J'étais certain que tu étais du genre à porter des strings...

Je soulève un sourcil qui passe inaperçu, sa tête disparaît presque immédiatement au niveau de mon entrejambe. Je sens sa bouche passer sur mon sous-vêtement, très vite ce n'est plus suffisant pour lui... pour moi.

En soulevant légèrement mes hanches, il fait rouler ce dernier obstacle à ce dont nous avons besoin. Éric revient dévorer mes lèvres, ma langue avide tourne autour de la sienne. Ses mains sont tout aussi actives et s'acharnent à vouloir m'arracher plus de gémissements étouffés par nos bouches.

Après une hésitation, il me demande de me redresser, il m'attrape alors sous les fesses pour me porter et me coller contre la porte. Quand a-t-il défait son pantalon ? Je l'ignore. Toujours est-il que je sens son sexe raide comme un piquet se présenter à mon vagin. Sans hésitation, je me laisse glisser sur lui et savoure la volupté de cette sensation que j'espérais sans me l'avouer.

Il s'aide de la porte pour me maintenir sur lui alors qu'il commence à venir en moi. Je garde ma tête collée à son épaule, pour assourdir mes gémissements de plaisir. L'idée d'être découverte ainsi par nos collègues m'excite d'autant plus. Une douce chaleur m'envahit, Éric vient de plus en plus fort et je peine à restreindre mes plaintes.

L'orgasme s'abat sur moi sans que je m'y sois préparée. Le souffle court, je mords Éric. Ses mains se contractent sur mes fesses qu'il maintient plus que fermement.

Je sens sa pression se relâcher, je reviens subitement à la réalité. Le bureau du boss est juste à côté. Une vague de chaleur me brûle les joues. Éric me relâche, sans m'appuyer sur mon pied, je retourne sur le lit de l'infirmerie. Je le vois rattacher son pantalon. D'un regard encore embrouillé par le désir je cherche désespérément mon string. La panique me submergeant, j'enfile mon pantalon, j'ai à peine terminé de le boutonner que la porte s'ouvre.

Le grand chef passe la porte et nous observe aussi surpris que nous de le voir.

— Un problème ?

Éric ne semble pas plus tracassé que ça et répond simplement :

— Un client a bousculé l'escabeau de Cathy, elle s'est fait mal à la cheville.

Prise de panique, mes yeux cherchent sans espoir mon sous-vêtement. Je finis par croiser le regard du grand chef, je ne sais pas quoi dire. Éric vient à mon secours en déclarant :

— J'allais chercher des glaçons dans le congélo', mais je pense qu'il faudrait l'emmener à l'hôpital. Je devais terminer dans moins d'une heure. Je pensais l'y conduire.

— Oui, elle semble bien enflée. Ce serait plus prudent. Cathy tout va bien ? Tu es vraiment pâle.

— Oui, oui. J'ai mal, c'est tout.

Il termine d'entrer dans la pièce, je n'ai qu'une frousse qu'il tombe sur ce putain de string ! Il attrape la boîte à pharmacie et prend un doliprane. Il se retourne et va pour sortir. Il scrute un instant le visage de mon chef rayon et demande amusé :

— Tu te sens mal Éric ? T'es en sueur ? C'est tout de même pas la perspective d'aller à l'hôpital qui te rend malade ?

Et mon soutif, qui n'est plus attaché !

Je regarde vaguement ma poitrine toujours cachée par mon t-shirt...

Bon, ça ne semble pas se voir...

— Non, j'ai dû la porter, mine de rien, elle pèse son poids !

Je le foudroie du regard. Le grand chef semble prendre un malin plaisir à rester et dit :

— Il aurait mieux fallu éviter de retirer tes chaussures.

— Je voulais voir l'étendue des dégâts, j'ai pas songé que ça pouvait autant gonfler.

Il hoche la tête et avant de sortir ajoute :

— Avant de partir, il faudra signer des documents pour les assurances.

Il ressort enfin et je pousse un soupir de soulagement. Éric a un sourire jusqu'aux oreilles. Il penche la tête sur le côté et me dit d'un air taquin :

— C'est ça qui t'a paniqué ?

Il extirpe mon string, le regard pétillant de malice. Je suis autant agacée que soulagée. Je le vois le fourrer dans sa poche, puis il me déclare :

— Remets ta chaussure et prends l'autre à la main, je vais t'emmener à l'hôpital, un médecin doit voir ça.

Il va pour sortir, certainement pour signer les papiers d'assurances, il m'observe et me demande :

— Au fait, tu prends la pilule ?

— Quoi ?

J'ai envie de lui hurler dessus, prends sur moi et l'interroge à mi-voix :

— Tu n'as pas mis de capote ?

Je vais l'étriper !

— Oups. Il s'échappe dans le couloir devant mon regard ahuri.

*

Éric m'aide, ou plus exactement, il me porte encore une fois dans le second escalier. L'installation dans sa voiture ne se fait pas trop mal. Je me concentre sur le paysage qui défile. Je n'ai pas envie de parler de ce qu'il vient de se passer. Je pense que c'est pareil pour lui. Il reste fixer la route et je crois, enfin j'espère qu'il ne dira rien jusqu'aux urgences.

Le voilà qui commence à discuter, j'essaye de ne pas l'écouter. Peine perdue. Mes oreilles ne m'obéissent pas et enregistrent chaque mot qu'il prononce, du coin de l'œil je vois son air sérieux, je dérive sur sa bouche.

Pourquoi faut-il qu'il soit aussi sexy ? Il ne peut pas être gay comme tous les beaux gosses !

— Tu n'as rien écouté de ce que j'ai dit ?

J'ouvre grand les yeux, quand est-ce que j'ai décroché ? Facile, quand j'ai fantasmé sur sa bouche.

— J'ai mal, grogné-je.

Il hausse un sourcil, dubitatif. Il reprend :

— Je crois qu'on a mal démarré tous les deux.

Quoi ? Il veut rompre ?

J'ai envie de rire, peut-on seulement dire qu'on est ensemble ? Pour moi, non ! Je le laisse continuer, je ne veux pas être ridicule avec une mauvaise interprétation.

— Pourquoi, tu es toujours sur la défensive ?

Je suis atterrée et répète avec une voix plus aiguë que je ne le souhaitais :

— Je suis toujours sur la défensive ? C'est l'hôpital qui se moque de la charité !

— Tu vois ! Encore à râler ! Je t'ai fait quelque chose dans une vie antérieure ?

— Tu viens de me sauter dans l'infirmerie ! Tu n'as pas à te plaindre.

Un sourire satisfait apparaît sur ses lèvres. Il s'arrête à un feu et en profite pour me scruter attentivement :

— Tu m'as sauté dessus...

Je vais pour répliquer, il se moque de moi, et moi, je marche comme une andouille.

— Finalement, tu as le sens de l'humour... maugréé-je.

— Plus que toi, de toute évidence.

— Tu vois ! Tu recommences ! Et après tu sors des phrases comme « On a mal démarré » !

Visiblement, je l'amuse plus qu'autre chose. Il se gare sur le parking des urgences et me tend son bras pour m'aider, une fois de plus.

Il me laisse dans la salle d'attente, et l'attente est longue. Très longue. Je somnole lorsque mon tour arrive. La radio se fait tellement vite que je me demande s'ils ont eu le temps de prendre le cliché. Me voilà encore en train de patienter. Longtemps. Mon portable me lâche, je regarde les aiguilles de la pendule bouger à une lenteur digne d'un film d'horreur. Je sursaute en entendant mon nom.

La visite du médecin est aussi rapide que la radio. Diagnostic entorse. J'aurais pu lui dire, on aurait gagné du temps.

— Vous êtes caissière ?

Perdu !

— Non, je suis dans les rayons.

— Ah ?

Il griffonne et finit par me tendre un bout de papier.

Sympa, j'ai obtenu 3 semaines de congés !

Je retourne dans la salle d'attente, je vais pour me diriger vers l'une des secrétaires pour demander à téléphoner, mais Éric apparaît. Je ne sais pas si je suis heureuse qu'il soit resté, ou agacée qu'il soit resté dans sa voiture !

*

Trois semaines sans travailler, c'est bien sur le papier, mais ça ne me dispense pas de fac et quand bien même, les profs ne vont pas attendre que je reprenne du poil de la bête ! Déjà 6 jours que je suis cloîtrée à la maison, une copine m'envoie tous les cours, et Audrey, ma voisine, elle, me fait les courses. Bon, je dois l'admettre, ça donne quelques avantages !

Audrey vient vite chercher ma carte pour mon drive. J'entends la porte du rez-de-chaussée se refermer. Je prends rapidement une douche avant de me remettre à mes études.

Je somnole à moitié quand le rire d'Audrey monte jusqu'à mon appartement. Je n'attends pas longtemps avant qu'elle ne frappe à ma porte.

— Entre, c'est ouvert.

Je referme mon livre et attrape mes béquilles. Je m'arrête, stupéfaite dans le couloir.

— Salut.

Mon regard reste fixer sur Éric qui tient fièrement mes sacs de courses. En un coup d'œil, je vois mon paquet de serviettes hygiéniques installé superbement sur le dessus.

De lui-même, il pose mes achats sur la table de la cuisine et s'enquiert :

— Ça va ?

— Oui, que fais-tu là ?

Il pousse un soupir réprobateur avant de répliquer :

— Tu ne répondais pas à mes messages, je voulais être certain que tu étais toujours vivante. Un coup de main ? continue-t-il en me désignant les courses.

— Merci, ça ira. Comme tu vois, je respire et bouge, donc je suis bien vivante.

— Tu as vraiment un sale caractère. Eh bien, je te laisse alors, je ne voudrais pas te déranger plus.

Il semble déçu, je regrette. C'est véridique que toutes les fois où il a essayé de parler, je l'ai rabroué. Il se dirige vers la porte, l'ouvre et je reste toujours sans bouger. Il passe le seuil. J'ignore pourquoi, je demande :

— Tu veux prendre un café ?

Il s'arrête, hésite et lentement, je le vois secouer la tête négativement. Mon cœur se serre, pourquoi ? Je ne veux pas de lui ! La porte se referme, j'ai l'impression de le perdre, c'est stupide, on n'est pas ensemble.

Mes bras se mettent en action, j'avance et rouvre la porte et lance :

— Éric, attends !

Trop tard, la porte d'entrée au rez-de-chaussée claque. Mon téléphone bipe, je vais le chercher et lis :

Je remonte les messages qu'il m'avait envoyés, il cherchait juste à prendre de mes nouvelles, il tentait de me faire sourire et je n'ai rien capté. Je suis restée froide et distante. Pourquoi ?

Parce que je n'arrive pas à comprendre ses intentions... Parce qu'il me plaît ?

Je repense au boulot depuis qu'il est arrivé, il essayait juste de me draguer en fait, et moi je l'ai balancé comme une merde. J'ai écarté les cuisses, car j'en avais envie et puis ensuite plus un mot. J'ai réagi exactement comme la dernière des garces.

Je relis encore et encore ses messages, j'hésite, je tergiverse. Je me décide à écrire. Je supprime. Je recommence. Je supprime. Je reformule. Je supprime.

Je ne parviens pas à dire ce que je souhaite. Je voudrais lui parler. J'aimerais parvenir à lui expliquer que c'est lui que je ne comprends pas, que c'est de sa faute après tout ! Est-ce vraiment de sa faute ? Oui ! En fait, non, je ne sais pas. Je perds tous mes moyens quand il est là, je deviens une autre. Il ne m'a rien fait, si ce n'est sa blague qui à y réfléchir pourrait être légitime.

Si je suis honnête avec moi-même, je n'ai pas arrêté de l'envoyer balader et de l'aguicher. J'ai joué avec lui. J'ai refusé tout rapprochement de sa part.

Je suis une grande fille après tout, bientôt avocate, ce n'est pas lui qui va me faire peur !

Je lance un appel. Une, deux, trois, quatre sonneries… répondeur. Je raccroche.

Youpi, il me nie… Je l'ai bien cherché…

Je retourne sur les messages, je ne réfléchis pas et appuie sur envoyé :

Désolée
Reviens, STP

Accusé de réception. Ok, il l'a bien reçu. Plus qu'à attendre de voir si j'ai tout gâché ou pas. J'ai envie de le rappeler, de lui renvoyer un message. Je m'abstiens.

Les minutes s'écoulent sans qu'il me donne de nouvelles, puis les heures. Je réalise que mes courses sont toujours sur ma table et que je n'ai rien fait d'autre que regarder mon téléphone dans l'espoir vain qu'il me réponde.

La journée passe, je prends à peine le temps de manger. Je relis mes cours, mais rien ne rentre, je consulte à plusieurs reprises les mêmes phrases sans qu'elles fassent sens dans mon esprit confus.

Audrey vient me voir, savoir si j'ai besoin de quelque chose. Je n'ai presque rien mangé, je deviens apathique, ou pathétique au choix.

Elle parvient à me tirer les vers du nez, je déteste cette expression, pourtant c'est l'effet que ça me fait. Chaque mot qu'elle m'extirpe me fait mal et me répugne. Elle hoche la tête, je l'imagine très bien en psy ! Elle finit par me dire que ça va aller. Qu'il tente sûrement de me faire « payer » mon attitude. Ça ne soulage pas mon humeur morose.

Trois jours sans avoir de ses nouvelles, je guette les RS, j'ai trouvé son compte facebook et instagram. Il ne poste quasi rien. J'ai envie de lui faire une demande d'ami, mais là aussi je m'abstiens.

Un coup d'œil à l'heure, il est à peine 21 h, le magasin doit être en train de fermer. J'allume la télé, j'ai besoin de penser à autre chose, j'ai besoin de me sortir Éric de la tête ! Sans surprise, je zappe et il n'y a strictement rien de potable. Direction Netflix. Rien de nouveau, autant revoir un truc sympa. Rien ne me tente. Direction l'antiquité, je me dirige vers mes VHS ! Au moins, là, il n'y a que de bons films !

Je prends une cassette au hasard et l'insère dans le magnétoscope. Aussi étonnant que ça soit, il fonctionne toujours !

Le film est bien avancé quand on frappe à la porte. Sûrement Audrey qui vient voir si je me suis remise de ma morosité.

J'ouvre et me retrouve nez à nez avec Éric. Mon cœur tente de se tirer de ma poitrine, j'ai envie de lui sauter au cou, de pleurer, de rire. Mes lèvres s'étirent lentement et je reconnais la tenue du magasin. Il faisait donc la fermeture et il est venu directement après. Je finis par lui lancer simplement :

— Salut. Tu veux entrer ?

Il hausse un sourcil amusé, et me regarde de bas en haut. Autant dire que ma tenue est loin d'être aguichante, non pas que le vert et le jaune du boulot me mettent plus en valeur. Cependant, je porte un vieux jogging, taché de peintures et troué, et une sorte de pull doudou qui me fait presque une robe tant il est long.

Je m'écarte en claudiquant et le laisse passer.

— Tu as mangé ?

— Pas encore.

— Moi, non plus.

Je reprends mes béquilles et pars dans la cuisine, je lui propose des scampis au curry. Je fais mine de rien, pourtant je sens qu'un mur reste dressé entre nous.

On mange sans vraiment parler. Ça me rappelle le retour de l'hôpital. Je lui propose un café, il accepte. Il me parle un peu du taf, mais ce mur, ce putain de mur reste ! Et c'est moi qui l'ai érigé ! Je demande soudain :

— Pourquoi es-tu revenu ?

J'essaye de ne pas être suspicieuse, de ne pas paraître hargneuse ni sur la défensive.

Éric croise mon regard et sourit :

— Ta voisine sait se montrer convaincante.

— Audrey ?

Je ne feins pas la surprise, que lui a-t-il pris d'aller à mon boulot et parler à mon chef de rayon ?

— Possible, elle ne m'a pas donné son nom.

— J'ignorais qu'elle serait allée te trouver, désolée.

— Je suis content qu'elle l'ait fait.

Je m'adosse à mon évier et me mords la lèvre inférieure. J'aime la petite étincelle qui brille dans ses yeux. Je baisse le regard et dis :

— Je crois qu'on a mal démarré tous les deux...

Éric me sourit, un vrai sourire, sans ironie, sans moquerie, sans sous-entendu. Il s'avance vers moi, je pense qu'il va m'embrasser, ou je l'espère, mais il se penche vers mon oreille et me murmure :

— Apprenons à faire connaissance dans ce cas.

*

Je reprends enfin le taf ! Je ne pensais pas que ça me manquerait autant ! Je suis même contente de faire le tard, et puis ça paye mieux, ce qui n'est pas négligeable.

Mes collègues me donnent les dernières nouvelles. En soi, rien de bien neuf. Stéphanie s'amuse d'un client qu'elle a eu la veille et Sylvie râle après la nouvelle gamme de peinture.

Je pointe et m'avance tranquillement vers mon rayon. Je croise mon collègue, il m'annonce fièrement qu'il n'y a pas grand-chose à faire. Il a terminé de ranger les arrivées, donc en soi, il reste les commandes, renseigner les clients et vérifier que tout reste en ordre.

Les heures passent et je n'ai pas encore vu Éric, on a conclu qu'au boulot on continuerait de rester juste professionnel, mais en dehors... Un fin sourire s'affiche sur mon visage alors que je remets en place les ampoules là où elles devraient être.

— Bonjour, je cherche des halogènes.

Je me tourne vers le client, il se fout de moi ? Elles sont sous son nez !

— Juste là. Les jaunes sur la gauche et les blanches sur la droite.

— Merci. Vous prendriez quoi vous ?

Je l'observe, il doit avoir plus ou moins mon âge, il est pas mal, cependant il n'a pas les yeux d'Éric.

— Ça dépend de ce que vous souhaitez comme ambiance. Les blanches éclairent mieux, les jaunes sont plus chaleureuses.

— Ambiance plus tamisée donc...

Il se passe la langue sur les dents.

C'est bon Don Juan, t'as pas de salade entre tes quenottes.

Je prends sur moi, encore un qui drague. Je continue mon rangement comme si de rien n'était. Don Juan ne compte visiblement pas en rester là, hélas.

106

— Cathy ?

Je me retourne, surprise et heureuse d'entendre sa voix. Éric toise le client avant de me demander :

— Tu peux voir ce qui se passe dans les prises, il faut refaire la devanture.

Je suis étonnée, mais obéis, il se tourne alors vers le dragueur et lui demande s'il peut l'aider. Le gars prend ses ampoules et se tire, je souris. Éric me rejoint rapidement, je l'interroge l'air de rien :

— Si je comprends bien toutes les fois où tu venais à « mon secours » avec les clients, c'est parce que tu étais jaloux ?

— Moi ? Impossible, personne ne peut rivaliser avec moi !

J'ai envie de l'embrasser, je me contente de sourire, amusée. Il passe derrière moi en me frôlant les fesses, je secoue la tête en poussant un petit glapissement de surprise.

Les fêtes de Noël arrivent, enfin on est début novembre, donc les décorations et les luminaires sont en train d'être installés ! Je me rends compte que ça fait plus d'un mois que je suis avec Éric, et croisons les doigts, pour le moment personne ne s'est aperçu de rien.

Silvano, le gérant, passe dans les rayons, il donne ses directives. Il me voit et me demande si l'installation des luminaires se déroule bien.

— Comme vous pouvez le voir, ça avance. Il me reste, la cabane du père Noël à décorer. Si tout va bien, quand on appuiera sur l'interrupteur, la magie devrait nous éblouir.

— Parfait. Merci.

Il repart vers les guirlandes et autres décorations en tous genres. Une main se pose discrètement sur ma taille et m'entraîne dans la cabane. Je retiens un cri de stupeur. Éric n'attend pas que je me remette et m'embrasse. Sa langue s'insinue tendrement et entame une folle danse avec la mienne.

Quand il me relâche, je murmure en réprimant un petit rire :

— Tu es dingue ! Silvano pourrait revenir et...

— Il est occupé avec Patrick, il part ensuite. Je suis de fermeture.

— Il y a des caméras... Je ne suis pas certaine que...

— Pas ici...

Et tout en me répondant partiellement, ses mains se frayent un chemin jusqu'à ma poitrine.

— Tu es cinglé ! Tu as beau dire, Silvano est tendu comme un arc. Il risque d'avoir oublié un truc et...

— Il n'est pas le seul à être tendu, me coupe-t-il en saisissant ma main pour la plaquer contre son sexe dur.

Je me hisse sur la pointe des pieds et lui vole un baiser avant d'ajouter :

— Si je ne termine pas, je vais me faire trucider par Silvano... et toi aussi !

— Tu ne perds rien pour attendre ! Mais dès que les caisses seront comptées, je te ferai l'amour ici...

Il me glisse un nouveau baiser avant de ressortir sans me laisser le temps de répondre. Je secoue la tête, amusée et quelque peu excitée aussi. Je sors à mon tour et me heurte presque à ma collègue Sylvie qui va pour entrer avec quelques décorations.

Elle me scrute, les yeux plissés, elle me demande :

— On a eu une augmentation sans que je sois au courant ?

— Hein ? Non, pas que je sache. Pourquoi ?

Elle hausse un sourcil, l'air suspicieux et explique :

— T'as une mine réjouie, c'est presque terrifiant. On dirait que tu viens de faire la rencontre du Saint-Père en personne.

— Tu es croyante maintenant ?

— Ne détourne pas la question, non, je ne le suis pas. Allez, raconte, qu'est-ce qui t'arrive ?

— Rien, j'aime bien installer les déco, c'est tout.

Elle reste dubitative, tous les ans je râle avec cette fichue période. Elle finit par abandonner et installe rapidement les pochoirs sur les fausses fenêtres extérieures.

— Rassure-moi, les clients ne pourront pas entrer dans la maisonnette ?

— Non, mais ils pourront regarder par les ouvertures pour glaner des idées.

Je soupire, ce soir je suis certaine de faire des heures sup. Je laisse ma collègue terminer ce qu'elle fait pour m'occuper des petits lampions.

Le micro de l'accueil annonce la fermeture dans les prochaines minutes. J'arrange les dernières petites lumières à l'extérieur de la cabane. Sylvie vient me retrouver pour m'aider à terminer.

— Laisse, j'ai plus que l'intérieur à fignoler et ce sera bon.

— T'es certaine ?

Je hoche la tête et réponds :

— Vas-y, file, je sais que tu as du monde ce soir !

Elle me lance un grand sourire et part en direction de la pointeuse en attendant qu'il soit 21 h pile. Mes collègues défilent les uns après les autres, certains me proposent de l'aide, mais vu leur tête c'est juste la formule de politesse.

Dernier appel micro. Je ne tarde pas à apercevoir la fille de l'accueil faire le tour du magasin vérifier qu'il ne reste plus personne. J'attrape l'une des guirlandes lumineuses, j'avise les crochets présents, ils sont hauts, très hauts !

— Font chier, je ne fais pas 2 m moi !

J'ai la flemme d'aller chercher un marchepied, je me hisse sur la pointe des pieds, je jette plus que je ne dépose le câble sur les crochets. J'arrive au fond de la cabane, je me bats avec les cadeaux pour gagner quelques centimètres.

Deux mains se plaquent sur mes seins, je me raidis, au même instant Éric commence à m'embrasser dans le cou tout en se collant à moi.

— Tu n'es pas sérieux !

— Si… Je te l'ai dit… Je compte te faire l'amour… ici… et maintenant…

L'une de ses mains descend et passe sous la ceinture de mon pantalon. Il atteint sans difficulté mon entrejambe. Je le sens se durcir contre mes fesses, un gémissement s'échappe de mes lèvres.

— Ton corps semble en réclamer davantage…

Il mordille mon lobe, alors que ses mains s'activent sur mon sein et sur mon clito. Les bras, toujours en l'air en train de tenir cette fichue guirlande, je ne sais plus quoi faire. Éric a raison, mon corps en veut plus, mais mon esprit voit tous les problèmes que ce lieu incongru pose.

— Arrête de réfléchir, on est seul…

— Mais, je n'ai pas pointé !

— J'en référerai à ton chef…

Il continue de déposer des baisers ardents le long de ma nuque. Ses mains quittent leur dur labeur pour finir d'accrocher cette satanée guirlande. Je me retourne entre ses bras et sa bouche vient se poser sur la mienne.

Je suis plus hésitante que d'habitude, j'ai presque peur de le toucher, de le caresser, de le déshabiller. Éric ne s'en prive pas et m'ôte mon t-shirt, il fait glisser mon pantalon. Mes jambes bougent d'elles-mêmes pour retirer mes chaussures.

Rapidement, je me retrouve en sous-vêtement devant mon amant et boss. Il m'observe, un petit sourire aux lèvres, et commence à déboutonner sa chemise sans me quitter du regard. Ma témérité revient, je me mets à genoux devant lui et défais son pantalon. Je scrute ses yeux par en dessous, je suis persuadée que ça fait partie de ses fantasmes.

Son sexe est droit et dur à souhait, peu de doute de ce qu'il souhaite en cet instant. Lentement, j'humidifie ma bouche de ma langue, je me rapproche de lui et lui embrasse le bout du gland. Il termine de retirer sa chemise au moment où je le prends en bouche. Ses mains viennent maintenir ma tête, ses doigts s'enfoncent dans mes cheveux et m'accompagnent dans le mouvement de va-et-vient que je fais sur son sexe.

Il s'enfonce de plus en plus loin, je manque à deux reprises de m'étouffer, jamais je ne l'ai senti aussi excité, il n'en faudrait pas beaucoup plus pour qu'il jouisse grâce à ma langue. Éric se retire, le regard enivré de désir.

Il m'embrasse avant de me renverser sur le dos, sans cérémonie, il m'écarte les cuisses et sa bouche vient à la rencontre de mon clitoris. Je suis déjà trempée, il me lèche consciencieusement, il attend que je me mette à gémir pour s'arrêter et me pénétrer d'un doigt. Il s'écarte un peu pour regarder ce qu'il fait. Rapidement, un second doigt arrive, puis un troisième. Mon bassin bouge de lui-même pour le sentir davantage.

Je croise son regard, il est indéchiffrable. Je le veux en moi, peu importe où nous sommes, j'ai besoin de lui. Pourtant, il reste à jouer avec mon vagin. Un sourire salace éclaire son visage, d'une voix rauque il me demande :

— Si je te fais mal, dis-le.

Je ne comprends pas tout de suite. Il retire ses doigts et alors que j'imaginais qu'il allait venir me prendre, je vois sa main se placer entre mes cuisses. Doucement, tendrement, il presse sur mon vagin pour entrer sa main. Je panique, je dois bien l'admettre. Il s'en rend compte et sa seconde main vient cajoler mon clitoris, je suis entre la peur et l'excitation.

Mon vagin s'écarte peu à peu, il se passe la langue sur les lèvres, c'est un peu douloureux, mais je suis incapable de lui demander d'arrêter. Je le veux, je suis proche de l'orgasme. Il bouge légèrement son bras et commence à me prendre avec sa main, il me possède, il me fait l'amour d'une manière que je n'avais jamais envisagée.

Il s'extasie devant sa main dans mon sexe qui va et vient, je crois qu'il prend autant son pied que moi juste en me regardant jouir entre ses mains.

Aussi tendrement qu'il le peut, il se retire et s'allonge sur moi, je suis à bout de souffle, je me sens déjà plus que comblée. Il me pénètre d'un seul coup et me bâillonne de sa bouche. Ma langue cherche la sienne avec avidité. Mes jambes s'enroulent autour de son corps pour le garder coincer en moi. Je m'accroche à son dos, je tente de suivre le rythme, mais je ne suis plus que désir.

J'aimerais pouvoir crier mon plaisir, laisser mes gémissements remplir le silence de cette cabane. Sa bouche reste collée à la mienne étouffant nos râles de jouissance.

Sa main gauche passe derrière ma tête pour me maintenir contre lui et sa droite glisse sous mes fesses pour accentuer sa pénétration. Nos respirations s'accordent l'une à l'autre, nos sueurs se mêlent. Mon orgasme explose dans mon bas ventre et je me cambre sous lui de manière involontaire, mes ongles s'enfoncent dans ses épaules. Il ne tarde pas à me rejoindre dans les méandres du plaisir, puis il se laisse retomber sur moi, totalement essoufflé.

Quelque chose me dit que ce n'est que le premier de ses fantasmes qu'on réalise. Peut-être réaliserons-nous les miens également...

Remerciements

Merci à ma correctrice d'avoir lu et corrigé ces nouvelles

Merci à mes bêtas qui ont su me donner le courage de me lancer dans cette nouvelle aventure

Merci à vous d'avoir tenté cette aventure et si possible laissez un petit com' si vous avez aimé, si vous souhaitez des choses en particulier n'hésitez pas à le demander ;-)